DREAMBOOKS★

DREAMBOOKS★

ORIENTAL FANTASY STORY & ADVENTURE

마검왕 19

dream books 드림북스

마검왕 19 혈천하(血天下)

초판 1쇄 인쇄 / 2014년 12월 31일
초판 1쇄 발행 / 2015년 1월 5일

지은이 / 나민채

발행인 / 오영배
책임편집 / 편집부
펴낸 곳 / (주)삼양출판사 · 드림북스

주소 / 서울특별시 강북구 솔샘로67길 92
대표 전화 / 02-980-2112 팩스 / 02-983-0660
편집부 전화 / 02-980-2116 팩스 / 02-983-8201
블로그 / blog.naver.com/dreambookss

등록번호 / 제9-00046호
등록일자 / 1999년 3월 11일

ⓒ 나민채, 2014

값 8,000원

ISBN 979-11-313-0175-3 (04810) / 978-89-542-3036-0 (세트)

* 지은이와 협의하에 인지는 생략합니다.
* 잘못된 책은 구입한 곳에서 바꾸어 드립니다.

이 도서의 국립중앙도서관 출판시도서목록(CIP)은 서지정보유통지원시스템홈페이지
(http://seoji.nl.go.kr)와 국가자료공동목록시스템(http://www.nl.go.kr/kolisnet)에서
이용하실 수 있습니다. (CIP제어번호: 2014038567)

魔劍王

마검왕

ORIENTAL FANTASY STORY & ADVENTURE

나민채 퓨전무협 장편소설

혈천하(血天下)

dream
books

드림북스

목차

제1장

발본색원(拔本塞源)

눈을 한 번 깜빡이고 났을 때 모든 게 바뀌었다.

주위는 모래바람이 불던 황무지 대신 청명목으로 지어진 그윽한 방 안으로 바뀌었고, 나는 가죽조끼와 아라비안풍의 바지 대신 비단으로 된 친의(襯衣:속옷의 일종)를 입고 있었다.

지존천실 특유의 청명목향이 침소 안에 감돌았다.

이 얼마나 그리웠던 향인가!

나는 고기 냄새를 맡은 강아지처럼 상체를 벌떡 일으켜 세웠다.

다행이다! 다행이야! 모든 게 계획대로 되었다! 그렇다면 설아는?

그러던 문득, 옆쪽에서 부스럭거리는 소리가 들렸다.

내 고개가 자연스럽게 그쪽으로 돌아갔다.

흑천마검과 정면으로 눈이 마주쳤다. 날카롭게 찢어진 눈 안으로 시뻘건 기운이 번질거렸다.

웬일인지 녀석은 두꺼운 사슬에 결박된 채로 의자에 앉아 있었는데, 녀석은 그런 것쯤은 조금도 신경 쓰지 않는 얼굴 이었다.

오히려 녀석의 얼굴에는 충분한 만족감이 흘러넘쳤다. 녀 석이 입 주위에 흥건한 칼리프의 피를 혓바닥으로 훑으며 몸 을 살짝 뒤척였다. 그러자 녀석을 결박하고 있던 사슬 고리 몇 개에 금이 갔다.

— 더 이상은…… 막을 수 없다…….

흑천마검에서 나오는 목소리가 아니었다. 실로 오랜만에 듣는 목소리, 본래 흑천마검을 봉인하고 있던 검집 봉마초 (封魔鞘)의 목소리다.

흑천마검의 힘이 커지면서 봉마초는 녀석에게 잡혀 먹혔 었다. 그러나 시간을 거슬러 온 것이 확실하게도, 봉마초는 흑천마검을 봉(封)하기 위해 안간힘을 다하고 있었던 것이 다.

투두둑.

내가 어떻게 하기도 전에 쇠사슬이 흑천마검의 몸에서 흘러내렸다.

"성가시게."

흑천마검이 그것을 발로 툭 건드리며 몸을 일으켰다.

이미 몇 조각으로 끊긴 사슬고리가 좌우로 흩어지며 철 소리를 냈다.

"우리가 이겼다. 애송이. 그리고 그릇에 담겨 있던 '섭리' 도……."

뱅그르.

흑천마검은 손목을 돌리면서 하늘로 무언가를 날려 보내는 듯한 제스처를 취했다. 그리고는 한참이나 끅끅거리며 웃었다.

녀석의 웃음이 차차 잦아들었다. 소리가 완전히 멎었을 때, 탁상 위로 마검의 형상으로 돌아간 흑천마검이 있고 바닥에는 조각난 검집이 흩어져 있었다.

"일어나셨사옵니까?"

딱 그때쯤, 옥구슬 같은 목소리가 문 너머에서부터 들렸다.

나는 다짜고짜 밖으로 튀어 나갔다. 문이 열리기 무섭게 옆으로 비켜서던 여인은 시녀장 소옥이었다. 지존천실의 모든 살림을 도맡아 주는 고마운 여인. 나는 그녀의 반가운 얼굴을 보자마자 그녀를 와락 껴안았다.

"교, 교주님?!"

"지금이 언제더냐?"

"지, 지금은 묘시가 시작된 지 한 시진 정도 지났사옵니다."

"그것이 아니라 해(年)로 어떻게…… 아니다."

소옥 옆을 빠르게 지나쳤다. 목욕물을 준비해 놓겠다는 목소리가 뒤에서 들려왔지만, 목욕물 따위는 조금도 중요하지 않았다.

지존천실의 중심부로 뛰쳐나갔다.

아니, 난입(亂入)했다는 표현이 차라리 더 사실에 가까웠다.

시야가 한 번에 탁 트였다. 입구에서부터 혈룡좌(血龍座)까지 길게 깔린 검은색 융단과 높은 천장 그리고 큰 대들보들이 시야 안으로 들어왔다.

곳곳을 청소하고 있던 시녀들이 황급히 허리를 숙이며 뒤로 물러섰다.

"기침하셨사옵니까."

한 줌의 재로 변한 지존천실을 바로 어제 본 것처럼 똑똑히 기억하고 있다.

그러나 모든 게 찬란했던 어느 날의 중간쯤인 것처럼, 하나도 변함없는 이 모습들은 잠깐이나마 나를 멍하게 만들었다. 그것은 마치 흑백 영화 속으로 들어온 듯한 기분이었다.

하지만 중정(中庭:마당의 한가운데)으로 나와 저 아래를 굽어본 순간, 위대한 본교의 전각들이 오롯이 건재해 있고 본교의 깃발들이 사방에서 나부끼는 광경을 보는 그 순간.

세상에 색깔이 입혀졌다.

무성한 녹색 숲, 붉은 깃발…….

심지어는 교도들이 새벽 수련을 하면서 외치는 기합 소리마저 색깔이 느껴졌다.

아아.

이제 본산은 녹음으로 가득 차 있고, 본산 주위에는 삼황(三皇)의 깃발이 꽂힌 군막들도 존재하지 않았다. 심지어 그것들은 '과거'라고도 불리지 않는다. 그것들은 모두 무(無)가 되었다.

"정말…… 정말로…….""

모든 게 돌아왔다.

타핫.

산 아래로 몸을 던졌다.

혼심사문으로 가는 음산한 길마저도 녹음(綠陰)이 우거져 있다. 교도들은 이리도 아름다운 길을 왜 그리도 불길한 곳이라며 꺼려했단 말인가.

한 번 더 박차고 뛰어올라.

탓!

이장로문의 대전각 정문 앞에 착지했다. 그곳을 지켜서고 있던 둘이 칼을 뽑으려다가, 황급히 허리를 숙였다.

나는 그런 둘의 어깨에 양손을 얹었다. 손바닥으로 이들의 살아있는 체온이 느껴져 온다.

"교주님을 뵈옵니다."

"이름이 무엇이냐?"

"곽천오이옵니다."

"진요량이옵니다."

"곽천오, 진요량. 본좌가 기억해 두겠다. 비켜 서거라."

둘의 얼굴 위로 뭐라 형용하기 어려운 큰 감동이 떠올랐다.

둘이 몸을 틀면서 옆으로 비킨 자리로 문턱을 넘어섰다. 그렇게 바깥채마저 통과하고 나자 연무장으로 꾸며진 중정이 나왔다.

이제 막 동이 트는 이른 시간인데, 장로문 교도 전체가 수련 중이었다.

합! 합!

교도들의 기합 소리에, 내 심장을 진원(震源)으로 퍼지던 따뜻한 무언가는 더 뜨겁고 더 넓으며 더 빠르게 몸 곳곳으로 번져나간다.

부쩍 빨라진 발걸음으로 안뜰을 지나쳤다. 교주님을 뵈옵니다, 라는 단합된 목소리가 쩌렁쩌렁하게 등 뒤로 울렸다.

그들의 외침을 들은 것인지 닫혀있던 전각문이 열렸다. 거기에서 한 사람이 뛰쳐나왔다. 점점 가까워지는 그를 바라보고 있노라니, 그의 얼굴을 땅에 묻었던 날이 떠오르는 건 어쩔 수 없는 일이었다. 그래서 울컥 울컥하며 뭔가가 자꾸만 튀어나오려고만 했다.

흑웅혈마⋯⋯.

"교주님! 친의 차림으로 어인 일이십니까."

휘익.

흑웅혈마가 그가 걸치고 있던 검은색 장포를 떼어내자 큰 바람이 불었다.

흑웅혈마는 내 어깨에 그의 장포를 걸쳐준 다음 의아한 얼굴로 나를 쳐다봤다.

"무슨 일이 있으십니까?"

그러면서 그는 지존천실이 있는 높은 본산 꼭대기를 올려다봤다.

호랑이를 연상시키는 짙고 두터운 눈썹이 치켜 올라갔다. 실로 오랜만에 보는 표정이었다. 내가 속옷 차림으로 돌아다니게 놔둔 시녀장 소옥을 탓하고 있는 게 분명했다.

어쩐지 웃음이 났다. 정말 이런 날이 오게 되리라고 는……

"안에. 안에 설아가 있느냐?"

내가 물었다.

우는 것인지, 웃는 것인지.

나조차도 분간이 가지 않는 목소리였다.

흑응혈마가 대답 대신 놀란 눈빛으로 나를 쳐다봤다.

"본 교주가 묻고 있지 않느냐."

"교…… 교주님……."

말을 웅얼거리면서 대답을 하지 못하는 흑응혈마의 모습에 심장이 쿵하고 내려앉았다.

설마?

"설아! 설아야! 거기에 있느냐!"

나는 공력이 담긴 음성을 터트리며 전각 안으로 뛰어 들어갔다.

계속 설아의 이름을 외쳐댔다.

그런데 설아는 나오지 않고 청소하러 나온 내당(內堂) 교도들만이 각 방과 복도에서 모습을 드러내며 허리를 숙여대는 것이었다.

나는 다급한 마음에 설아의 침소를 기억 속에서 끄집어냈다.

침소 문을 벌컥 열었다. 하지만 설아는 거기에도 없었다.

설마…….

설아가 죽은 이후의 어느 날이란 말인가.

"안 된다. 안 돼!"

몸을 돌리던 그때, 흑웅혈마의 큰 가슴이 시야 안으로 가득 차 들어왔다.

흑웅혈마가 걱정 가득한 눈으로 나를 바라보고 있었다. 그가 모퉁이 뒤쪽으로 팔을 뻗어 뭔가를 끌어당기며 말했다.

"교주님께 무슨 잘못을 한 것이냐. 이른 아침부터. 교주님께서 왜 이리도 화가 나신 게냐."

흑웅혈마의 그 말을 듣는 순간, 세상이 멈춰 버린 것만 같았다.

정말이지도 느리게 흘렀다.

흑웅혈마의 손에 잡힌 얇고 긴 손가락들이 꼼지락거리고.

"아파요. 아파."

거기에서 그리도 듣고 싶어 했던 목소리가 먼저 흘러나왔다.

숨을 쉴 수가 없었다.

눈을 크게 뜨고 얇고 흰 팔이 뻗어 나오는 장면을 바라볼 수밖에 없었다.

이윽고 그 흰 팔의 주인이 얼굴을 찡그리며 딸려 나왔다.

그때 내 몸은 심장을 박동시키는 방법마저 잃어버렸다.

나는 그대로 굳었다. 제대로 작동하는 것은 오로지 눈뿐이었다. 그러나 그것마저도 눈물이 앞을 가리기 시작했다.

고개를 떨어트리고 오른손으로 얼굴을 쓸어내렸다.

비로소 설아의 얼굴이 제대로 보였다.

"교주님?"

키가 작은 설아가 고개를 들어 나를 올려다보고 있었다.

기억의 운무(雲霧)속으로 흐릿해져 가던 추억들이 하나씩 선명해지기 시작했다.

"이분은 누구죠?"

"소교주님이 사시는 곳은 석실산이나 무릉도원 같은 타계란 말씀이시군요!"

"짐이 되긴 싫어요. 그리고 저도 무공을 익혔다는 걸 잊지 마셔요."

"본교의 위신과 질서를 바로 세우시고, 교좌의 위엄을 확고히 하신 교주님을 뵈니 정말 기뻐요."

"촉홀닉이요? 선녀님들만 먹는다던 선과도 이렇게 맛있지는 않을 거예요. 이, 이 맛은 형용할 수가 없어요. 정말, 정말!"

"저, 저에게 교주님의 첫 여인이 될 수 있는 은덕을

내려주세요……."

"언제나 교주님의 곁을 지켜드릴 수 있는 호법이 되
겠어요."

"교주님! 교주님!"

거기에서 그쳤다. 마지막은 다시 떠올리기 싫었다. 설아의
마지막은…….

나는 아무 말 없이 설아의 뒤통수를 한 손으로 감쌌다. 그
리고는 가슴으로 끌어당겼다. 품 안의 작은 설아가 놀라서
몸을 움찔거리는 것을 나는 더 세게 껴안았다.

이렇게 품 안에 가득 안고서, 지금 이 순간만큼은 언제나
미소를 머금고 있던 설아의 얼굴만을 생각하고자 했다.

그러나 생각하지 않으려고 발버둥 치면 칠수록 더욱 강렬
하게 자리 잡는 그 기억.

서서히 늘어지는 설아와 어깨너머로 이를 악물고 있는 옥
제황월. 그리고 설아의 가슴을 뚫고 나와 꿈틀거리던 피에
젖은 손가락들…….

나는 얼굴을 구기며 설아를 풀어주었다.

"교주님. 무슨 일이세요……."

설아가 놀란 눈을 깜박 깜박거리면서 내 안색을 살폈다.

거기에 내가 할 수 있는 말은 단 하나뿐이다.

"발본색원(拔本塞源)."

근본을 빼내고 원천을 막아 버린다.

*   *   *

"교주님. 대체 무슨 일이십니까."

흑웅혈마가 내 뒤를 급히 따라 붙었다.

양광공(陽光功: 혈마교주 위位에게 내려오는 비전 경공술)을 시전하는데 쓰고 있던 공력들을 회수했다. 물 찬 제비처럼 지면 위를 빠르게 질주하던 속도가 단번에 줄어들었다.

"다시 하명이 있을 때까지, 지존천실로의 출입을 금(禁)한다. 모든 거마들에게 그리 전하거라."

흑웅혈마는 넋이 나간 듯한 표정으로 눈만 껌벅거렸다.

"이는 그대도 마찬가지다. 흑웅혈마."

"교주님. 간밤에 무슨 일이 있었습니까. 소마에게 들려주십시오."

"불길하고 무서운 꿈을 꾸었다."

"많이 놀라셨나 봅니다. 그래도 소마까지 출입을 금하시다니요. 긴급한 사안이 있을 때에는 어찌해야 합니까. 소마와 삼장로에게는 해금(解禁)하여 주십시오."

건재한 흑웅혈마의 모습을 보고 있는 것만으로도 기분이

좋은데, 이렇게까지 신선한 모습이라니.

흑웅혈마는 아이를 처음 초등학교로 보내는 엄마와 같은 눈으로 나를 바라보고 있었다.

그때의 흑웅혈마는 항상 이랬었다. 그러니까 여기는 내가 교좌(敎座)에 오른 지 그리 오래 지나지 않은 어느 날이다.

그가 보호자에서 수하로 위치가 바뀌게 된 때는 즉위식 이후가 아니라 정사대전 이후라고 할 수 있다.

"본 교주의 명이다. 모든 거마들의 출입을 금한다."

"……."

"흑웅혈마."

"……예."

"그대에게 항상 미안하고 고맙다."

"예…… 엣?"

타핫!

멍청히 서 있는 흑웅혈마를 남겨두고 지존천실을 향해 솟구쳐 올랐다.

지존천실로 돌아온 나는 시녀장 소옥을 불러 몇 가지를 물었다. 날짜로만은 쉽게 와 닿지 않아 최근 나의 행적에 관한 물음이 주를 이뤘다.

소옥은 의아해 하면서도 묻는 말에 최대한 자세히 답하려고 애썼다.

"더 하문하실 것이 없으시옵니까?"

"이제 되었다. 그만 돌아가 일을 보거라. 그리고 거마들에게 출입 금지령을 내렸으니 그리 알고 있거라."

"예."

"뭘 그리 어물쩍거리고 있는 게냐. 하고 싶은 말이 있으면 해 보거라. 항상 내 곁에 있어야 하거늘 언제까지 그리 무서워할 게냐."

"예. 교주님. 존신(尊身)이 평소와 조금이라도 다르시다면, 무고강마단주를 부르심이 어떠하시옵니까."

"의마(醫魔)를 말이냐? 교주가 이상해 보이느냐?"

"아, 아니옵니다."

"아니다. 간밤에 성취를 얻어 깨달은 바가 크니, 평상시와 달라 보일만도 하다."

"경하드리옵니다! 본교의 홍복이옵니다."

소옥이 넙죽 엎드렸다.

"그리 알고 물러가거라."

"예. 하오면 목욕물을 대령 하고 흑룡포를 준비케 하겠사옵니다."

"그것도 되었다. 내 다시 부를 때까지는 해야 할 일들을 하고 있거라."

침소로 들어왔다.

흑천마검을 부르려다가 입을 다물고 책장으로 다가갔다. 책장 안으로 일전에 미처 보지 못했던 것들을 발견했기 때문이다.

나는 어쩔 수 없는 짧은 웃음과 함께 그것들을 집어 들었다.

고등학교 재학 시절에 썼던 참고서와 교과서들 그리고 노트.

그것들에는 바로 직전까지 꽤나 열심히 공부했던 흔적이 다분했다.

오전에는 직무를 보고, 여섯 시까지 무공을 수련하고, 그 이후부터 잠자리에 들기까지는 고등학교 시험공부를 했었던 때가 있었다.

꽤 오래전으로 돌아왔다는 것을 알고 있어도, 이렇게 당시의 흔적을 직접 마주하게 되니 감회가 새롭다.

추억의 교과서들을 책장 안에 차분하게 넣어놓았다. 그런 다음 흑천마검과 바닥에 깨져 있는 검집 조각들을 번갈아 바라보았다.

그러다 탁상 위의 흑천마검을 향해 말했다.

"우리가 언제로 돌아왔는지 알겠어?"

녀석에겐 답이 없지만 나는 계속 말했다.

"예전에 네가 검집을 깨고 달아났던 때가 있었지. 기억하겠지?"

― 달아났다고? 이 몸이?

흑천마검의 목소리가 반사적으로 튀어나와 머릿속에서 울렸다.

"그때 철동(鐵洞)의 철노가 그랬었지. 검집이 영력을 되찾는다면 다시 예전과 같은 모습으로 돌아올 거라고. 그래서 나는 천년금박에 들어갔다 나왔다. 검집은 고쳐졌고 너는 다시 봉인되었지."

― 그런 적이 있었던가.

녀석답지 않게 너스레를 떨면서 낄낄거렸다.

"이렇게 결국 검집이 무용지물이 될 줄 알았다면 그 귀신굴에 들어가지 않았을 텐데 말야. 천년금박은 참 끔찍한 곳이었어."

여기는 예전 그대로지만 흑천마검과 나는 많은 게 달라졌다.

흑천마검은 검집 봉마초가 봉인하지 못할 만큼 강해졌고, 나도 성장하였다.

"어쨌든 말이다. 우리가 돌아온 이 시간대는 내가 천년금박에 들어갔다 나온 지 얼마 되지 않은 때다. 배교도 벽력혈장과 그 무리들을 척결하고 교좌에 오른 지도 얼마 되지 않앉던 때이지."

그러면서 또, 기영이 어머니의 암 치료법을 알아내기 위해 천의를 본교로 초빙하고자 사람을 보낸 직후이기도 했다.

비록 천의는 초빙을 거부하겠지만.

— 네놈이 어떤 시공(時空)에 있든, 이 몸과 무슨 상관이지? 이 몸의 휴식을 방해하지 마라. 애송이

"무슨 상관이라니. 설마 정말 그렇게 생각하는 건 아니겠지?"

앞으로 녀석의 도움이 많이 필요한 만큼, 녀석을 조롱하지는 않았다.

"전 시간대들이 무(無)로 돌아갔다는 게 뭘 의미하는 것 같나? 나는 죽산 대의원에 가지 않았으니 천의(天醫)와도 만난 적이 없으며 옥제황월과도 만난 적이 없다. 옥제황월과 첫 대면을 한 곳도 죽산 대의원이었지. 정사대전은 당연히 일어나지 않았으니, 옥제황월도 죽지 않았다."

— 옥제황월이라. 그 젊은 놈은 확실히 늙은 인간 놈보다 맛이 좋았었긴 하지.

"이건 어떤가. 본교는 불타지 않았으니 교도들도 이슬람 제국으로 피난 가지 않았다. 우리는 칼리프와 만나지도 않았으며, 칼리프도 죽지 않았다. 칼리프는……."

비로소 흑천마검이 조용해졌다.

검신에서부터 검은 기운이 안개처럼 흩어져 나왔다. 그것이 의자에 앉아있는 인간의 형상을 갖추기 시작했다.

"다시 살아났다는 말이냐?"

음성과 함께 완전한 인간형의 흑천마검이 다리를 꼬며 나타났다.

"하나 묻겠어. 모래시계. '섭리를 담은 그 그릇'은 이제 완벽히 없어진 건가?"

"그래. 없어졌다."

뭔가 기분 좋은 생각을 떠올렸는지, 흑천마검의 일그러진 얼굴이 천천히 펴졌다.

"크크크. 찜찜한 게 남아 있었는데 잘 되었군. 이번에는 어떻게 죽여줄까. 아니다. 아니야. 잡아 오는 게 낫겠어. 가둬진 영원의 시간동안…… 이 몸의 분이 전부 풀릴 때까지 매일매일 놈을 귀여워해 주겠다."

흑천마검이 낄낄거리며 말을 이었다.

"가자 애송이. 놈을 잡아오자. 감히 우리를 희롱한 그놈을!"

녀석이 긴 몸을 일으켜 세우며 팔을 뻗었다.

합일(合一)을 하자는 거다.

핏기 하나 없는 손이 눈앞에서 흔들거렸다.

"내 손을 잡아라."

흑천마검이 말했다.

그러나 내가 녀석의 손을 잡지 않고 가만히 있자, 녀석이 뻗었던 팔을 거둬들이며 내 앞으로 걸어왔다.

"설마 모든 게 원래대로 돌아왔다니 이젠 괜찮다는 것은 아니겠지?"

흑천마검이 말했다.

"크큭. 나를 어떻게 보고."

칼리프, 그놈을 향한 복수가 완전히 끝나지 않았다.

"그럼 무엇을 망설이지?"

흑천마검이 나를 빤히 쳐다보며 물었다. 쉬운 지름길을 놔두고 먼 길을 돌아갈 필요가 있냐는 표정이었다.

"그렇게 간단한 게 아니다. 우리가 바그다드로 날아가서 칼리프를 죽이면? 라쿠아든 자하라든, 그와 비슷한 신비한 능력자들이 결국 우리가 어디에서 왔는지 알아챌 거다. 그럼 언젠가는 이슬람 제국과 본교의 전쟁은 불가피해. 서진(西進)을 위해 비축하고 있던 화살과 창이 우리 쪽으로 돌려지겠지. 국력(國力)만 놓고 보면 본교는 이슬람 제국에 아직 한참을 못 미친단 말이야."

계속 말했다.

"옥제황월은 어떤가? 놈을 죽이면 다시 정사대전(正邪對戰)이다. 정사대전을 치르면서도. 어딘가에 은거하고 있는 삼황(三皇)이란 작자들을 항상 유념해 두고 있어야겠지. 동해 번쩍 서해 번쩍, 칼리프와 옥제황월을 죽이면? 본교는 양쪽으로 큰 전쟁을 치를 수밖에 없다는 말이야. 합일체가 영속(永續)하다면 걱정할 게 없겠지만, 그건 또 아니잖아."

"크크크."

"물론. 네게는 이 모든 게 하찮은 인간사에게 불과하겠지."

내게 꽂히는 매서운 시선을 무시하며 입술을 열었다.

"어물쩍거리지 마라. 애송이. 늙은 인간 놈이 너와 네 부하들에게 무슨 짓을 했는지 잊었느냐?"

흑천마검이 말했다.

이젠 애송이와 애송이의 부하들까지 생각해 주시다니, 참으로 감개무량하외다.

그 말이 바로 목 언저리까지 밀려 나왔다.

그러나 그 말을 토하는 대신 고개를 설레설레 저어 보였다.

"흑천마검. 네 심정을 잘 알고 있다. 나 역시 같은 심정이니까. 당장에라도 놈을 다시 갈래갈래 찢어 놓고 싶지. 응당 그래야만 하고."

일단은 토닥인 후.

"하지만 그 전에 먼저, 옥제황월과 삼황을 처치하고 중원을 도모하자는 거다. 대국 전체도 우리가 삼켜야겠지. 그렇게 본교에 이슬람 제국과 싸울 수 있는 힘을 준 다음에 칼리프를 죽이자는 거다. 그리 오래 걸리지 않는다. 수십억 년을 살아온 네게 고작 몇 년은 눈 한 번 깜빡일 찰나의 순간에 불과하잖아. 안 그래? 어차피 그놈이 능력을 잃은 이상, 그놈을 죽이는 건 언제고 할 수 있다."

"이 몸의 인내는 비싸다. 이 몸에게는 어떤 대가를 치를 텐가."

"나의 신뢰."

"신뢰? 애송이, 너의 신뢰?"

"적어도 내가 살아있는 동안만큼은, 너는 내게 속박되어 있다. 나도 비슷하지. 그러니까 그 기간만이라도 서로의 이득을 위한 협력적인 관계를 갖자는 거다. 일종의 동맹인 거지."

"크큭."

흑천마검이 피식 웃었다.

"잡아라."

녀석이 팔을 내밀었다.

나는 눈을 감고 숨을 크게 들이마셨다 내쉬었다. 날숨이 완전히 빠져나가 폐부가 쪼그라드는 순간, 녀석의 손위에 내 손을 얹었다.

         *   *   *

우주의 섭리가 모래시계의 형상 속에 속박되어 있던 것처럼, 마검의 형상을 띠고 있는 이 속박체는 반신(半神)을 담기 위한 그릇이다.

우리는 공간을 찢기 위해 이 빌어먹을 속박체를 움켜쥐었다.

속박체를 휘두르려던 찰나.

뚝.

동작을 멈췄다.

원래 젊은 인간 놈을 먼저 죽이고자 계획했었지만, 마음이 바뀌었다.

늙은 놈과 젊은 놈.

두 놈 중에 한시라도 먼저 죽여야 할 놈은 당연히 하찮은 미물 주제에 대 우주의 섭리를 물건처럼 다루었던 놈이어야 하지 않은가!

스윽.

공간을 가르자, 그 늙은 놈의 궁전과 주위가 틈 너머로 펼쳐졌다. 연병장, 시장, 시가지 등에 이르는 여러 방향으로 개미떼처럼 바글거리는 인간들 또한 보였다.

"한 놈도 살려두지 않으마. 크크크……."

놈이 했던 짓거리들에 비하면 직전의 죽음은 매우 평화로웠다. 그저 육체적 고통이 몇 분간 유지되었을 뿐이었으니 말이다.

그건 너무도 약한 복수였다.

그러나 이번에야말로, 하찮은 인간 주제에 본교의 교도들을 노예처럼 부리고 거마들을 죽였던 대가가 무엇인지 절실히 깨닫게 될 것이다.

우리는 놈의 인간들을 하나하나 눈에 담으며 틈 안으로 비집고 들어갔다.

*   *   *

푸른빛을 발광하고 있는 것만 다를 뿐, 파리와 하등 다를 게 없다.

속박체를 휘둘렀다. 단 일검(一劍)에 우리 주위에 붙어있던 이프리트들이 푸른 기운을 터트리며 소멸하기 시작했다.

"후우."

입김을 크게 불었다.

눈앞에서 부서져 내리고 있던 푸른 빛무리들이 바람에 실려 사라졌다. 우리는 그대로 결계막을 찢고 바그다드 안으로 들어갔다.

바그다드의 인간들이 손으로 햇빛을 가리며 우리를 향해 고개를 들고 있었다.

우리는 속박체를 십자(十) 형식으로 힘 있게 그었다.

붉은 기운이 바그다드를 동에서 서로 정확히 반으로 가르던 그 찰나, 북에서 나타난 겁화(劫火)가 획의 중심을 교차하며 남쪽으로 뻗어 나가며 주위의 모든 것들을 집어삼켰다.

균열 안으로 사라진 거리와 사람들.

죽은 이들은 말이 없고.

"꺄아아아아!"

혼비백산해서 흩어지는 사람들만이 비명을 질러댄다.

고작해야 두 번 그었을 뿐이다.

아직 시작도 하지 않았다.

우리는 낄낄 웃으면서 공간을 또다시 갈랐다. 그리고는 당첨자 구슬을 뽑을 때처럼 손을 집어넣어 휙휙 저었다.

손끝에 걸리는 게 있었다.

그것을 머리채 휘어잡아 끌어당기자, 늙은 놈이 딸려 나왔다.

우리는 늙은 놈을 향해 반가운 미소를 지었다. 놈이 크게 떠진 눈으로 우리를 쳐다봤다.

"그.것.이.끝.이.라.고.생.각.한.건.아.니.겠.지."

우리의 입에서 중성적인 목소리가 흘러나왔다.

여성의 것도 아니고 남성의 것도 아니다.

어떻게 들으면 오류가 난 기계음같이 들리는 음성이지만, 한 음절 한 음절에 강력한 힘이 담겨 있기 때문이었다.

"네 이노오옴. 샤이탄(shaytan:악마)!"

놈이 우리를 향해 외쳤다.

그러면서 자위행위 하듯이 모래시계를 흔들어 대는데, 그 모습이 너무나 웃겼다.

그래서 우리는 놈이 모래시계에 그러는 것처럼, 우리도 놈의 목을 잡아 이리저리 흔들었다.

놈의 노쇠한 몸뚱이가 시계추처럼 왔다 갔다 했다.

놈은 우리에게 모래시계를 빼앗기지 않기 위해 안간힘을 다했다.

아마도 놈이 할 수 있는 최고의 속도로 원기를 돌린 것 같았다.

"크.크.크."

그런 놈을 비웃었다.

시계추를 쥐고 있는 오른팔을 통째로 뽑았다.

"으아아악."

피가 어깨 단면에서 미친 듯이 뿜어져 나왔다.

그러나 우리는 크게 걱정하지 않았다. 놈이 원기로 향상시킨 인체 능력 때문에 곧 지혈될 거다. 이걸로는 죽지 않는다.

모래시계를 빼낸 다음 아무짝에도 쓸모없고 냄새나는 팔은 땅 아래로 던졌다. 우리는 모래시계를 놈의 눈앞으로 들이밀었다.

그제야 놈이 비명을 멈추며 핏발 선 눈으로 우리와 모래시계를 노려보았다. 어찌나 이를 악물고 있는지 입술 사이로 뻘건 피가 쉴 새 없이 흘러나오기 시작했다.

"아.직.도.모.르.느.냐.섭.리.는.본.래.의.자.리.로.돌.아.갔.다."

모래시계는 보이는 대로 모래시계일 뿐이었다.

위대한 능력은 완전히 사라졌다.

주먹을 쥐었다 폈다.

쪼개진 유리 파편과 함께 모래 알맹이가 밑으로 떨어졌다. 물론 모래 알맹이가 우리 몸에 닿았지만 어떤 현상도 일어나지 않았다.

그 과경을 바라보는 놈의 눈빛이 심하게 흔들렸다.

"네.놈.을.데.려.가.기.전.에.바.그.다.드.의.멸.망.을.보.여.주.마.크.크.크."

우리가 말을 마치던 그때.

"자비로우시고 자비로우신 신의 이름으로(ٱلرَّحِيم
بِسْمِ ٱللَّهِ ٱلرَّحْمَٰن) 온 우주의 주님이신 신께 찬미를 드리
나이다.(ٱلْحَمْدُ لِلَّهِ رَبِّ ٱلْعَٰلَمِين) 그분은 자비로우시고 자
애로우시며(ٱلرَّحْمَٰن ٱلرَّحِيم) 심판의 날을 주관하시도다
(مَٰلِك يَوْم ٱلدِّين). 우리는 당신만을 경배……."

놈이 냉정을 되찾고선 개경장(성서의 첫 번째 장)만을 읊
었다. 드라큘라를 향해 주기도문을 외우는 것처럼 말이다.

"내.가.신.이.다."

돌아가는 상황이 너무도 즐거워서, 우리도 모르게 놈의
목을 쥐고 있던 손을 힘껏 쥐었다.

"커허헉."

놈이 돼지 멱따는 소리를 냈다.

놈이 그물에 걸린 새처럼 온몸을 바동거리자 밑에서 난리
가 났다.

운집해 있던 예니체리들이 첨탑 벽을 밟으며 뛰어 올랐다.

멀리에선 바그다드 군사 병력 전체가 십자형 균열을 뛰어
넘으며 몰려들고 있었다.

단 몇 번의 도약만으로 첨탑 끝까지 올라선 첫 번째 예니
체리가 우리에게 몸을 던졌다. 그렇게 비스듬히 쏘아진 로켓
처럼 빠르게 날아왔다.

탓! 슈우욱!

녀석을 시작으로 첨탑 끝에 도착한 순서대로 예니체리들
이 날아들었다. 순식간에 그 수가 일백을 넘어갔다. 일만에
육박한 예니체리들이 전부 그런 식으로 불나방이 되고자 하
는 것 같았다.

"크. 큭."

우리는 웃음을 삼켜 넘겼다.

속박체를 휘둘렀다.

구붓하게 이지러진 기운이 속박체에서 뻗어 나갔다.

첫 번째 몸을 던졌던 예니체리의 복부를 관통하고 지나,
그 예니체리의 몸이 두 동강 나기도 전에 벌써 다른 예니체
리를 또 관통했다.

우리는 만월(彎月)꼴의 검기를 사방으로 뿌렸다. 하늘에
붉은색 초승달 수백 개가 떴다. 나타나기 무섭게 사방에 나
부낀다.

"악!"

"컥!"

외마디 비명이 어디에서고 터져 나왔다.

검기가 스치고 지나가는 곳마다 커다란 핏덩이들이 땅으
로 떨어져 내렸다.

실제로 혈우(血雨)를 뿌려댔다.

근위보병들이 핏덩어리들을 피하기 위해 이리저리 날뛰

는, 1분도 되지 않는 시간 동안.

예니체리 부대원 일만 명 전원이 고깃덩어리로 변했다.

그러나 늙은 인간 놈은 그 광경을 직접 보고도 과연 표정 하나 달라진 게 없었다. 계속 그의 신을 향해 기도만 하고 있었다. 전과 같은 축복을 다시 내려달라는 기도를 말이다.

계속 그렇게 기도문만을 읊거라. 그렇다고 다시는 시간을 되돌릴 수 없을 것이다. 지금이 현재이면서 미래의 시작인 것이다.

"지.금.부.터.지.옥.을.보.여.주.마.복.수.는.어.떻.게.하.는 .것.인.지."

놈을 끌고 다니며 놈이 보는 앞에서, 놈의 아내와 자식들 을 죽였다. 그러는 와중에 마주치는 인간들 또한 한 놈도 살 려두지 않았다.

특히 본교의 교도들을 노예로 부리는 데 도움을 주었던, 병사와 관리들은 하나하나 찾아내서 죽였다. 우리를 악마라 고 부르짖는 마스지드의 멍청한 인간들 또한 죽였다.

바그다드 시민들은 전부 집 안에 숨어 있었다. 문고리를 걸어 잠그고 신의 이름을 읊고 또 읊으면 전부 끝날 줄 아는 게으른 인간들이었다.

그 게으른 인간들 또한 남녀노소 할 것 없이 죽이고 나자,

바그다드에는 살아 숨 쉬는 자는 단 한 명도 남지 않았다.

바그다드 내의 모든 인간들을 말살(抹殺)하고.

전체를 불살랐을 때.

놈이 울었다.

생물학적으로나 감정적으로나 눈물을 결코 흘리지 않을 것 같은 놈이, 파충류 같은 눈을 껌벅 껌벅거리면서 눈물을 흘렸다.

놈의 어깨너머 시장 거리에선 인간들의 시신이 불길 속에 파묻혀 있었다.

"저.것.이.마.지.막.이.었.다.이.제.한.명.도.남.지.않.았.다."

우리는 한 손으로 놈의 뒤통수를 쥐고 전방을 가리켰다.

놈의 시선이 살 타는 소리와 냄새가 자욱한 그곳으로 움직였다.

놈은 젊은 인간들처럼 온몸을 부들부들 떨면서 달려들거나 악에 받쳐 저주를 퍼붓지는 않았다.

대신에 우리를 가만히 쳐다보는데.

두고 보아라. 나는 네게 이보다 더 큰 지옥을 보여주고 말 것이다.

소리 없는 그 아우성이 놈의 눈동자 안을 가득 채우고 있었다.

같잖게도. 크크크

*   *   *

합일체를 잇고 있던 끈을 간신히 끊어냈다.

악몽에서 벗어나는 그 순간, 몸에서 강대한 기운이 빠져나갔다. 그것이 빠져나가면서 내 생명력까지 같이 딸려나가는 기분이었다.

중심을 잃고 침대 위로 쓰러졌다.

"미, 미친 새끼이이이!"

동시에.

흑천마검을 벽에 던지며 소리쳤다.

그것이 손에 닿는 것조차 끔찍했다.

촤악.

흑천마검이 던져진 궤적으로 핏물이 뿌려졌다. 바닥에 혼절해 있는 칼리프의 얼굴 위로도 뻘건 줄 하나가 그어졌다.

얼굴을 덮었던 손에는 힘이 들어가서, 눈 주위를 아무렇게나 문질렀다. 지독하게 간지러운 피부병에 옮은 것마냥 문지르고 또 문질러댔다.

이대로 정신을 잃어버렸으면 좋겠다는 생각이 들었다. 다시 정신을 차렸을 때에는, 모래시계가 뒤집어진 것처럼 아무

일도 없었던 그때로 되돌아가고 싶다고 생각했다.

하지만 벌어졌다.

죽어 가던 사람들의 표정과 소리 그리고 그들의 냄새가 선명했다.

바로 직전까지 나는…….

우리는…….

사람들을 죽이고 또 죽였다.

나는 양손으로 머리칼을 쥐어 잡고 온몸을 부들부들 떨었다.

"무슨 말이라도 해봐! 미친 새끼야!"

흑천마검은 아무 일 없었다는 듯이 마검의 형상으로 조용하기만 했다.

"하악. 하악."

침대 모퉁이를 잡고 가쁜 숨을 몰아쉬었다.

그 누구의 잘못도 아닌 내 잘못이다.

흑천마검을 탓할 것도 없다.

그간 징조는 몇 번이고 있었다.

합일 횟수가 늘어날수록 합일체에 반영되는 나의 의지가 줄어들고 있었다. 처음에는 5:5 동등했던 것이 어느 순간 4:6 쯤이 되고 최근에는 3:7 수준으로 녀석이 우위를 차지하기 시작했다.

녀석과 합일을 계속하다간, 언젠가는 이런 식의 결말을
맞게 될 것이라는 것을 잘 알고 있었지 않은가!

　그럼에도 불구하고 지금껏 그래 왔듯이 이번에도 문제가
없을 거라고 생각했다. 이번을 마지막으로 다시는 합일하지
않으면 된다, 그렇게 기대했었다. 그야말로 미친 것이었다.

　희생자가 자그마치……

　고개가 사정없이 저어졌다. 말하기도 무서울 만큼의 숫자
가 떠올랐다.

　"미친놈……"

　그건 흑천마검이 아니라 나였다.

제2장

재회

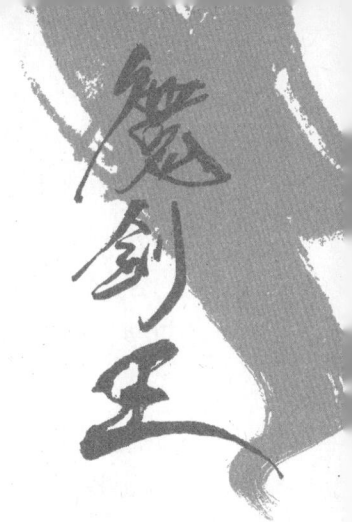

"교주님. 괜찮으시옵니까?"

문밖에서 시녀장 소옥의 목소리가 들렸다.

"괜…… 괜찮다."

"하오면 하교는 물러가 있겠사옵니다."

칼리프는 혼절한 채로 쓰러져 있고 흑천마검도 아무렇게나 버려져 있었다.

그것들을 지켜보는데 어느 순간 눈이 질끈 감겨졌다.

눈앞이 깜깜해졌다.

사람들이 죽는 순간 보여주었던 만상(萬狀)의 표정들이 대번에 떠올랐다. 생지옥으로 변한 시가지의 모습들도 감은 두 눈앞에서 불길과 함께 넘실거렸다.

아아아악.

사람들을 학살하고 다니는 피에 미친 악마의 그림자는 우리 발끝에서부터 뻗어 나와 있었다.

찬란한 문명 도시 하나가 그렇게 일순간에 사라졌다. 병사와 관리들뿐만이 아니라, 소시민들까지도 그 땅에 살고 있었다는 이유만으로 비명에 갔다.

이쪽 세상이든 저쪽 세상이든, 고금 역사를 통틀어 이러한 재앙은 또 없었다.

그 재앙이 바로 우리에 의해 일어났다.

미사일 버튼을 누른 것도 아니었다. 직접 하나하나 찾아내서 죽였다.

성별도 나이도 아무런 상관이 없었다. 복수에 대한 일념만으로, 단 한 명도 살려두지 않기 위해 눈에 불을 켜고 찾아다녔다.

꼭.꼭.숨.어.라.머.리.카.락.보.일.라.

심지어는 그렇게 흥얼거리기까지 했다.

아무것도 우리를 막을 수 없다는 것을 즐겼다. 완전한 복수를 이룬다고 생각했었다. 그러나 그것은 복수도 전쟁

46 마검왕

도 아닌 터무니없는 학살에 불과했었다.

흑천마검 탓이라고 변명할 것도 없다. 흑천마검의 유희(遊戲)에 내 복수심이 투영된 결과물이었으니 말이다.

결국 이런 날이 오고야 말았다.

그렇게나 조심해왔었는데……. 어느 순간 끈을 놓치고만 것이다.

그러던 문득, 침소로 빠르게 접근하는 강맹한 기운이 느껴졌다.

나는 눈을 덮고 있던 손바닥을 뗐다. 손바닥이 눈물로 흥건했다.

드르륵.

"교주님!"

흑웅혈마가 문을 부술 것처럼 열면서 침소 안으로 들어왔다.

거의 난입한 수준이었다. 그의 시선이 칼리프에게 향했다가 다시 내게로 돌아왔다. 내 얼굴을 빤히 쳐다보는 그의 표정 또한 심각하게 변했다.

휘이익.

흑웅혈마가 바람처럼 움직였다. 내 뒤에 가부좌를 틀고 앉자마자 등으로 쌍장을 뻗어왔다. 내가 주화입마에 들었다고 오인한 것 같았다. 나는 그것을 가볍게 쳐내며 말했다.

"나는 그대를 부른 적이 없다."

그러나 흑웅혈마는 내 말에 대꾸하지 않고 천장을 향해
소리쳤다.

"습격이 있었거늘! 너희들은 대체 무얼 하고 있었던 것
이냐. 근참혈단(近斬血團) 전원은 내 앞으로 당장 나타나지
못하겠느냐!"

흑웅혈마의 사자후가 지존천실 전체에 쩌렁쩌렁하게 울
렸다. 지존천실 곳곳에 은신하고 있던 기운들이 동요하는
게 느껴졌다.

"나올 것 없다."

내 말에 동요하던 기운들이 다시금 조용해졌다.

"흑웅혈마. 그대도 조용히 하지 못하겠느냐! 본 교주의
명을 어기고 입실한 것만으로도 부족하단 말이냐."

짧게 호통쳤다.

흑웅혈마가 놀란 눈으로 나를 쳐다봤다.

"습격은 없었다."

내가 말했다.

"저자는 정마교도가 아닙니까?"

흑웅혈마가 칼리프를 향해 집게손가락을 뻗었다.

"아니다."

"교주님의 존안에 심마(心魔)의 흔적이 역력합니다. 정녕 내기가 역상(逆上)한 것은 아닙니까? 저자와 싸우신 게 아니시라는 말씀이십니까."

흑웅혈마가 내 눈 안을 유심히 들여다보며 말했다.

"그 또한 아니다."

"하면 저자는 누구입니까? 오늘 새벽녘부터……. 이 대체 어떻게 된 일입니까. 교주님. 소마는 무척이나 당황스럽습니다."

"저자는 서역의 황제다."

"무슨 말씀이십니까."

"본교에 큰 위험이 될 자다. 저자를 봉마동에 가두고 항시 감시해야 할 것이다."

"서역의 황제라니요. 교주님. 소마에게 하나하나 차근히 말씀해 주시옵소서!"

흑웅혈마의 목소리가 다소 높아졌다.

나를 쳐다보는 눈빛에 상당한 의심이 담겨져 있었다.

그러나 그것을 '도전'으로 받아들일 만큼 흑웅혈마를 모르는 게 아니었다. 나는 그에게 화를 내기보단 그의 어깨에 손을 얹었다. 그리고는 타이르듯이 나지막하게 말했다.

"그대도 알아야겠지. 일러주겠다. 그전에 저 서역의 황

제를 봉마동에 가둬 놓거라. 그런 다음에 천실로 올라와
도 좋다."

흑웅혈마는 무슨 생각을 그리 깊게 하는지, 한참을 우
두커니 서 있다가 칼리프에게 다가갔다.

그가 단숨에 칼리프를 한 손으로 들어 어깨에 들쳐 멨
다.

"잠깐."

나는 몸에 두르고 있던 장포를 떼어냈다. 장포가 몸 앞
으로 딸려 나오면서 전방으로 핏물을 뿌렸다.

새벽녘에 흑웅혈마가 내게 걸쳐 주었던 장포로, 이제는
핏물을 흠뻑 머금고 있어서 본래 거무튀튀했던 색이 더욱
진해져 있었다.

흑웅혈마가 내 뜻을 알아차리고, 그것으로 칼리프를 감
쌌다. 장포가 칼리프의 얼굴과 몸에 찰싹 달라붙었다. 장
포로 감싼 것이 사람인 게 티가 났지만, 그것뿐이니 상관
없었다.

"저자가 본교에 갇혀 있는 사실은 그대와 나 그리고 색
목도왕만이 알아야 한다. 외부로 말이 새나가지 않게 하
라는 것이다. 왜 그래야 하는지는 누구보다 그대가 잘 알
겠지."

"예."

흑웅혈마는 하고 싶은 말이 많은 얼굴이었으나 그렇게
만 대답했다.

황제 만찬, 목욕 시중, 옷 수발. 전부 거부했다. 찰나의
비명에 간 사람들에게 할 수 있는 애도는 안타깝게도 그
게 전부였다.

소옥과 시녀들이 교주를 성심껏 모셔야 한다는 이유로
나를 짜증 나게 했지만, 그네들까지 신경 쓰기에는 내 머
릿속에 남아있는 여유 용량이 없었다. 무너지지 않은 것
이 용할 정도로, 직전에 있었던 대재앙만으로도 충분히
복잡한 상태였다.

흑웅혈마가 돌아왔다.

색목도왕과 같이 올 거라고 생각했었으나 그는 혼자였
다.

그가 침소로 들어오면서 무척이나 무거운 분위기까지
함께 달고 왔다. 마치 죽을 수밖에 없는 전장으로 나가는
노병(老兵) 같은 모습이었다.

쿵!

그가 들어오자마자 무릎을 꿇었다.

"본교의 비전 중에 이혼대법(移魂大法)이라는 것이 있다
는 것을 소마는 알고 있사옵니다. 존신 안의 혼백(魂帛)은

전대 교주님이신 것이옵니까? 정녕 그러하다면 말씀해 주시옵소서."

"왜 그리 생각하느냐."

"교주님을 모신지 수십 년이옵니다. 어찌 모르겠사옵니까."

"틀렸다."

"하오나."

"전대 교주는 우리가 만났던 동굴에서 죽었다. 그대도 보지 않았느냐."

흑웅혈마가 고개를 저으며 몸을 일으켰다.

"사실이옵니까?"

"그래."

"하오면 교주님의 저의가 무엇입니까. 어찌 이러시는 것입니까."

흑웅혈마의 목소리가 웅웅 울렸다. 나는 그것이 전쟁 속에 길 잃은 어린아이의 울음소리처럼 들렸다.

"어찌 이러다니?"

"갑자기 달라지셨습니다! 소마는 어찌해야 할 바를 모르겠습니다."

"하나 묻지. 설아가 호법이 되겠다는 걸, 본 교주가 왜 막지 않은 것 같으냐?"

"교주님께선 호법의 자질이 충성심에 있다고 보셨습니다."

"아니다. 당시에는 본 교주가 어리고 미숙했기 때문에, 그런 말도 안 되는 결정을 내린 것이었지. 그대도 그리 생각하고 있지 않느냐."

"……!"

흑웅혈마의 머리 위로 느낌표가 떴다.

"아닙니다."

그렇게는 말하고 있어도, 흑웅혈마는 본래 속마음을 감추지 못하는 사람이다.

"허나 그대는 그랬으면 아니 되었다. 그대는 대체 무슨 생각으로 그걸 용인한 것이냐."

"교주님께서 결정하신 일에 소마가 가타부타, 하다니요. 아니 될 말씀이십니다."

"삼영회연대진(三靈回煙大陣)? 아서라. 혈영마단이 세 개가 들어갔다고 목숨이 세 개가 되는 것이냐. 어리고 미숙한 이를 지키는 이는 항상 목숨을 내놓고 다녀야 한다는 것을 몰랐단 말이냐. 더욱이 그렇게 어린 교주 옆에 더 어린 여자 호법이라니."

"무슨 말씀을 하시는 것입니까."

흑웅혈마에게 가까이 다가가, 그의 양어깨에 손을 얹었

다.

흑웅혈마의 호랑이 같은 시선이 내게로 쏠렸다.

"설아가 호법이 되는 걸 용인한 이유를 내 모를 것 같으냐. 그대가 맞았다."

"……."

"그대의 생각대로 설아가 곁에 있을 때 나는 크게 안정되었다. 허나 그대 앞의 달라진 주인을 보아라. 본 교주에게 설아가 필요한 것 같으냐?"

"어찌 소마를 시험하시는 것입니까. 소마는 충복(忠僕)입니다."

"대답하거라. 본 교주에게 설아가 필요한 것 같으냐?"

"없습니다."

"좋다."

화악!

"대(大)혈마교 이장로 흑웅혈마는 본 교주의 명을 받들라."

내 말이 터지는 순간, 흑웅혈마의 강건한 몸이 아래로 쑤욱 꺼졌다. 반사적인 움직임이었다.

"하명하시옵소서."

한쪽 무릎은 꿇고 주먹을 포개며 고개를 숙였다.

하나.

"설아를 호법 위(位)에서 파(罷)하고 소속을 이장로문으로 옮겨라."

둘.

"천하무림이 세 명의 절대고수들에 의해 균형을 이루었다고 들었다. 그중에 정도도 사도도 아닌 암제란 자가 있다 하였는데. 그대가 책임지고 그 '암제'란 자를 찾아내라."

셋.

"현 무림맹주 옥제황월, 놈의 일거수일투족(一擧手一投足)을 보고하라."

"존명(尊名)! 명을 받잡겠습니다."

그렇게 꿇었던 무릎을 일으킨 흑웅혈마는 이로 형용할 수 없는 심정 복잡한 얼굴을 하고 있었다.

"그리 갈 것이냐. 그대는 알아야 할 것 아닌가. 본 교주가 어찌 이리도 변하였는지. 본 교주는……."

내가 말했다.

막 문지방을 넘어서던 흑웅혈마가 우뚝 멈춰 섰다.

"이리도 지엄하신 교주님을 뵈오니, 그것만으로도 본교의 홍복이 아니겠습니까. 소마는 이제 죽어도 여한이 없사옵니다."

차라리 잘 되었다.

설명을 듣지 않고 나가는 흑웅혈마의 뒷모습을 보면서 마음을 바꿔 먹었다.

흑웅혈마와 색목도왕, 둘에게 내가 여기까지 온 경위를 설명하려 했었지만 그러지 않기로 했다.

설아의 죽음.

패망한 본교.

수치스럽고 원통했던 그 일들은 내 머릿속에서만 있는 편이 낫다.

교주인 내가 감내하고 책임질 일이다.

독단(獨斷)이라고 손가락질하거라.

얼마든지 받아주마.

*   *   *

저쪽 세상의 시간은 멈춰 있는 상태였다. 조금도 뒤로 돌아가거나 앞으로 흐르지 않았다.

서재에서 바라본 바다 위로, 항공모함이 오롯이 떠 있는 게 여전했다. 일단 저쪽 세상에 대해선 마음을 놓아도 좋았다.

철동(鐵洞) 앞.

탕탕!

망치질에 한창이었다.

치익 치익.

담금질 연기가 사방 군데에서 피어올랐다. 마치 산업화된 공장을 연상시키는 이 거대한 공방은 본교의 큰 자랑거리임이 틀림없었다.

"교주님을 뵈옵니다!"

나와 마주친 장인이 넙죽 엎드렸다.

흑룡포를 휘날리며 하늘에서 떨어져 내리는 순간, 망치질 소리가 한 번에 멈췄다.

시야에 들어온 장인들은 어렴풋이 쉰여 명, 그들 모두가 철노의 제자들이다.

오로지 한 사람만이 내 앞으로 달려왔다.

철동의 책임자, 철노였다.

그가 내 앞에서 고개를 숙였다. 바위를 얹은 것 같은 상완근에 땀이 송글송글 맺혀, 햇볕에 보석처럼 빛났고 있었다.

"검집을 찾고 있다."

내가 말했다.

철노가 놀람으로 구겨진 얼굴을 보였다.

허리를 숙이며 뒷머리 위로 주먹으로 감쌌다. 그렇게 미동 없는 철노에게서 전음이 전해져 왔다.

— 검, 검집이라 하시면……. 봉마초가 또 깨진 것이옵
니까.

누가 들을까 무척 조심스러워 하는 것이었다.

— 봉마초는 이제 신물을 감당하지 못한다. 다시 복구
할 수도 없을 것이니, 그저 담을만한 검집이면 족하다.

철노는 내 그 말이 무엇을 뜻하는지 모르지 않았다. 어
떠한 행동도 없고 말도 없었지만, 그가 얼마나 놀라고 있
는지 느껴져 왔다.

철노가 무거운 발걸음을 옮겼다.

완성된 무구들이 가득한 창고 안이었다.

흑천마검을 담을 검집을 골랐다.

찾던 그대로였다.

길이가 알맞아 하단부만 손을 보면 바로 쓸 수 있을 뿐
만 아니라, 귀한 묵철(墨鐵)로 만들어진 것이 제법 괜찮아
보였다.

그렇게 오래 걸리지 않아 흑천마검의 검신에 맞춰진 검
집으로 고쳐졌다.

철노가 검집을 내게 건네면서 말했다.

— 하명하신다면 하교가 봉마초를 대신할 검집을 찾아
보겠사옵니다.

"되었다."

그런 것이 있을 리가 없지.

"그보다 조만간 철동이 바빠질 것이다. 언제라도 명이 떨어지면 백일철야(白日徹夜)가 가능토록, 만반에 준비를 하고 있거라."

흑천마검을 검집에 넣으며 말했다. 기분 나쁜 기운이 흐르고 있는 검은 검신이 비로소 내 시야 안에서 사라졌다.

철노는 몇 초 남지 않은 시한폭탄을 눈앞에 둔 사람 같은 얼굴로 흑천마검을 바라보고 있다가, 급히 고개를 조아렸다.

철동에서의 목적이 끝났다.

산길을 걷는데 옛날 생각이 많이 났다.

사실 본교로 돌아온 해(年)를 따지고 보면, 그렇게 긴 시간이 흐른 것이 아니다. 그러나 내게는 십수 년 이상 흐른 것만큼이나 길게 느껴졌던 시간들이었다.

어른인척 애쓰던 철부지 교주 시절부터, 화마(火魔)가 본산을 집어삼킨 최악의 순간까지.

죽는 순간에 보게 된다는 인생의 파노라마가 버젓이 살아있는 지금, 펼쳐지고 있었다.

나는 우두커니 서서 녹음이 우거진 주위 풍경을 감상했다.

한 줌의 재로 사라졌던 것들이 예전의 그 모습 그대로 내 앞에 존재하고 있는 것에 대해 감사했다. 몇 번을 감사해도 부족한 일이다. 바그다드에서 있었던 재앙에 바스러져 간 넋을 향해 몇 번을 애도해도 부족한 것처럼 말이다.

내가 생각했던 그곳에 설아가 있었다. 설아는 소녀검을 휘두르며 수련을 하고 있었다. 기억 속의 그때보다, 더 열심이었다.

그런데 기분이 묘했다.

색만 입혀졌을 뿐 오래된 흑백사진을 보는 듯한 느낌이었다.

탁.

길 쪽으로 삐져나와 있는 나뭇가지 하나를 꺾었다. 그것을 쥐고 설아 앞으로 뛰어내렸다.

설아가 놀라서 허둥대면서도, 오랫동안 생각하고 있었는지 자연스럽게 그 말을 흘려보냈다.

"제가 대체 무엇을 잘못한 거지요. 왜 갑자기 소녀를 호법 위(位)에서……."

나는 고개를 설레설레 저어 보이며, 나뭇가지를 천천히 휘둘렀다.

설아가 펄쩍 뛰었던 자세를 허공에서 고쳐 잡으며 즉각 응대해왔다.

획획.

설아의 소녀검에서 바람 소리가 나왔다. 찔러 들어오는 검봉(劍鋒)의 개수가 늘어났다. 백화여후검법 특유의 현란한 변초들이다.

이를 악문 설아의 얼굴이 보였다.

나를 원망하고 있구나, 나는 단번에 느낄 수 있었다.

미안해야 했지만 솔직히 말해 그런 감정은 조금도 들지 않았다.

나뭇가지 끝으로 허공의 일점(一點)을 찍었다.

다섯 개까지 늘어나 있던 검봉이 흐트러졌다.

순간적으로 균형을 잃은 설아의 몸이 앞으로 쏠렸다.

나는 사탕을 빼앗긴 아이를 향해 두 팔을 벌렸다.

설아가 내 품 안으로 넘어졌다.

한가슴 가득 껴안고선 설아의 목 옆으로 얼굴을 파묻었다.

"놓, 놓아주세요."

대꾸하지 않았다.

껴안고 놓아주지도 않았다.

꿈에서도 잘 보이지 않았던 설아가 그 어느 때보다 선명한 모습으로 내 몸 안에서 낑낑대고 있었다.

체취가 맡아졌다.

나의 것인지, 설아의 것인지 모를 심장 소리가 들렸다.

빠르게도 뛰고 있었다.

"가만히 있어줘."

설아의 귀에 대고 속삭였다. 마법을 건 것처럼 설아의
움직임이 멈췄다. 쌕쌕거리던 규칙적인 숨소리만이 들렸
다.

체취. 체온. 목소리.

그때.

축 늘어져 있던 설아의 손이 내 등을 감쌌다.

비로소 나는, 이번에야말로 정말 돌아왔다는 실감이 들
었다.

한참이 지난 뒤였다.

느슨해진 팔 사이로 설아가 작은 몸을 빼냈다. 내 품에
안기기 전과는 완전히 달라진 표정이었다. 그녀는 비바람
에 벌벌 떠는 강아지를 보는 듯한 시선으로 나를 쳐다봤
다.

"슬픈 일이 있으셨군요……."

설아가 애잔한 목소리로 말했다.

"이젠 괜찮다."

나는 억지로 웃어 보였다.

설아는 그랬던 내 미소에 더 확신을 가진 얼굴이 되었다.

"할아버지는 교주님께서 타계에 다녀오신 것 같다 하셨죠. 큰일을 겪고 돌아오신 것 같다 하셨는데……. 정말 그러셨군요."

"일단 같이 걷자꾸나. 같이 가고 싶은 곳이 있다. 설아도 잘 아는 곳이지."

중턱으로 오르는 오솔길을 밟았다. 살아가 옆으로 따라붙었다.

우리는 어깨를 나란히 했다.

오른쪽으로 고개를 돌리면 건재한 본교의 광경이 들어오고, 왼쪽으로 고개를 돌리면 설아의 작은 정수리가 보였다.

더 이상 바랄 게 없었다.

그래서 더 옥제황월과 삼황이 생각났다.

어물쩍거리지 말고.

빨리 처단해야 한다.

한시라도 빨리 중원을 도모하고 혹 있을 서쪽의 후환(後患)에 대비한다!

그러던 문득, 나를 쳐다보고 있는 설아의 시선이 느껴졌다. 그쪽으로 시선을 옮기자 설아가 움찔, 놀라면서 고

개를 홱 돌렸다

"……. 굉장히 무서운 얼굴을 하셨어요."

이런.

나는 한 손으로 눈가를 덮으며 그대로 쓸어내렸다.

"네 할아버지처럼 말이냐?"

그러면서 빙그레 웃었다.

그제야 설아도 살짝 풀어진 얼굴로 고개를 끄덕거렸지만, 한번 드리워진 어색한 분위기는 쉽게 풀릴 것 같지 않았다.

역시 그랬다.

중턱까지 도착하는 동안 우리는 한마디도 없었다. 설아가 나를 어려워하고 있었다.

나는 그 사실을 부정하지 않았다.

'이때의 나'와 '지금의 나'는 완전히 다른 사람이다. 말투는 그렇다 쳐도, 어쩔 수 없이 뻗쳐 나오는 기세(氣勢)란 것이 있으니 말이다.

귀항석(龜項石)에 도착했다. 목적지였다. 거북이가 목을 길게 뺀 형상의 널찍한 바위인데, 거기에 서서 내려다보는 풍경이 아주 절경이라 우리가 자주 찾던 곳이기도 했다.

가슴이 떨렸다. 옆에 설아가 있고, 앞에 절경이 있어서 그랬다.

"설아야."

"예. 교주님."

"여전히 호법이 되고 싶으냐?"

"교주님. 소녀의 마음은 변함이 없습니다. 하오니 지켜
봐 주세요."

"그러지 말거라."

"소녀가 부족하오나 훗날 호법 위에 걸맞은 자격을 갖
춘다면……."

"아니."

나는 설아가 하소연하려는 것을 고개 저어 막았다.

"내가 너를 지키고 싶다."

응? ……. 으응?

그런 식으로 설아의 눈이 휘둥그레졌다.

조금도 예상치 못했던 말이 내 입에서 흘러나온 것 같
았다.

억울함으로 어두워져 있던 얼굴에 태양만큼이나 빛나는
미소가 떠올랐다가, 사라졌다. 그리고는 어쩐지 미안한
감정이 그 자리에 채워졌다.

나는 그런 설아의 정수리에 손을 얹었다. 설아의 머리
둘레는 실로 작아서 내 한 손이 그녀의 머리 위를 완전히

감쌌다.

부드러운 코카 스파니엘의 머리를 쓰다듬듯, 설아의 머리를 쓰다듬었다.

설아가 감추려고 해도 감출 수 없는 홍조(紅潮)를 머금었다가 고개를 숙였다. 오래전 어느 날, 내 침소를 찾아와 하룻밤을 청했던 그날과는 다른 분홍빛이 그녀의 주위에서 흩날렸다.

이번에는 내가 너를 지킬 차례다.

그 말이 목 언저리까지 차올랐다.

나는 그 말을 토하는 대신 설아의 허리를 끌어당기고선 절벽 아래로 뛰어내렸다.

"꺄악!"

몸을 던졌던 속도와는 달리, 정작 떨어지는 속도는 아주 느릿했다.

메리 포핀스의 우산을 든 것처럼, 우리는 아름다운 정경들을 하나하나 눈에 담으며 천천히 내려갔다.

그러나 불쑥 끼어드는 호통 소리가 있었다.

우리는 일제히 그쪽으로 고개를 돌렸다.

삼장로당 전각 쪽이었다. 중정(中庭)으로 모인 사람들이 보였다. 삼장로당이니 만큼 색목도왕도 있었다. 오랜만에 보는 금발 사자의 모습에 내 입가가 부드럽게 올라갔다.

그런데 색목도왕은 그리 기분이 좋아 보이지 않았다. 그는 먼 곳으로 출장 갔다가 돌아온 이들에게 화를 내고 있었다.

그리 큰 소리를 내지 않는 사내인데, 어지간히도 화가 난 상태였다.

호통치는 소리가 쩌렁쩌렁 울렸다.

"어지간한 일로는 저리 화를 내시지 않는데……. 무슨 일이시지……."

설아가 중얼거렸다.

"천의가 본교의 초청을 거부하였다. 우리보고 그가 있는 죽산 대의원으로 오라는 것이지."

*   *   *

"색목도왕!"

설아와 함께 삼장로당 중정에 내려섰다. 시선이 내게로 쏠렸다.

'교주와 대면했을 때의 행동강령' 대로, 교도들이 열여섯 자 교언을 읊으며 허리를 숙였다.

텍사스 사막을 배경으로 한 영화에서 금방 튀어나온 것 같은 색목도왕만이, 남들이 90도로 허리를 숙이거나 절을 할 때 10도 정도로만 허리를 숙이며 주먹을 겹쳤다.

나는 색목도왕을 와락 끌어안고 싶은 충동을 느꼈다.

흑웅혈마에게서 엄격한 큰아버지가 떠오르는 반면에, 색목도왕은 어렸을 적부터 나를 키워준 맏형 같은 느낌이다.

그리고 말해주고 싶었다.

전 시간대에서 너는 정체 모를 고수에게 잡혀 감금되었다고.

그렇게 미소 짓고 있는 내가 의뭉스럽게 보였는지, 색목도왕의 얼굴 위로 의아한 빛이 번졌다.

"본교에서는 그를 귀빈으로 예우해 장로당주가 직접 찾아갔지만……. 그는 무엄하게도 본교의 초청을 거절하였습니다."

색목도왕이 금발 사자처럼 으르렁거렸다.

좀처럼 화를 내지 않는 사람이 한번 화를 낼 때는, 정말이지 무서운 법이다.

색목도왕의 분노 서린 숨결이 닿을 때마다, 천의에게 다녀왔던 교도들의 허리가 점점 더 숙여 졌다.

그러다 고개를 땅에 박을 듯하다.

나는 삼장로당주 이름을 기억 깊숙한 곳에서 끄집어냈다.

"진종."

"예. 교주님."

진종이 죄인처럼 대답했다.

"만회하고 싶으냐?"

"옛!"

"다시 죽산으로 가거라."

진종이 대답을 망설였다. 그러자 색목도왕이 불같이 화를 냈다.

"교주님께 감읍(感泣)하지 않고 무엇하느냐! 본교의 위신을 이리도 떨어트려 놓고도 살아남은 자는 없었다. 네놈에게 오늘 천운이 따르는구나!"

진종이 고개를 들어 나를 바라봤다. 정말이지 사색에 가까운 얼굴이었다.

"천의에게 '안타깝다. 그대는 영영 일의다학만법(一醫多學萬法)을 보지 못할 것이다.'라고 본좌의 말을 전하거라."

"일의다학만법 말씀이시옵니까?"

진종도 색목도왕도 설아도, 그게 무엇이냐는 눈빛을 보냈다.

"그렇다. 그리 전하면 천의가 마음을 바꿔 본교로 오려할 것이나, 본 교주의 마음이 바뀌었다. 감히 본좌의 부

름을 거부하다니. 천의는 영영 교지를 밟을 수 없을 것이
다."

미안합니다. 천의.

입맛이 썼다. 하지만 본교의 위신을 위해서 어쩔 수 없
는 일이었다.

"옛! 행장(行裝)을 꾸리겠사옵니다."

진종과 교도들이 자리를 떠났다.

색목도왕은 한번 끓어오른 분노가 쉽게 식지 않아 곤란
해 하고 있었다.

서양인 특유의 큰 콧구멍을 벌렁거리면서 아무 말이 없
었다.

"죄송합니다."

색목도왕이 말했다.

옛날의 이때를 생각해보면, 색목도왕은 양반이었다.

흑웅혈마는 촌각살마단을 보내 천의를 죽여야 한다고
길길이 날뛰기까지 했다. 내가 인가를 안 해서 그렇지, 그
는 진심이었다.

"교주님. 일의다학만법, 본교의 비전입니까?"

　　하나의 협에 수많은 문파가 있고, 그 아래 수만 가지
　　무공이 있듯이 의(醫) 또한 그렇다고 생각하오. 의는

하나이고, 의학은 여러 개이며, 요법은 만 가지라는 말
이오.

천의는 그렇게 말했었다.

"천의에게는 그렇겠지. 그라면 본 교주의 뜻을 분명히
알아들을 것이니, 이젠 그가 애걸할 것이다."

비로소 색목도왕의 얼굴 위로 회심의 미소가 스치고 지
나갔다.

위신을 되찾았다 생각한 거다.

어린아이 소꿉장난에서나 벌어질 법한 작은 일이 멸문
지화(滅門之禍)까지 번지게 되는 건, 중원의 생리가 위신에
있기 때문이다.

"······!"

그러던 갑자기 색목도왕이 눈이 번쩍 떠졌다.

그가 장포를 펄럭이며 한쪽 무릎을 굽혔다. 한 줄기 바
람이 내 앞을 스치고 지나갔다.

"감축 드리옵니다!"

― 아직 흑웅혈마에게 얘기를 듣지 못했군? 타계(他界)
에 다녀왔다.

따지고 보면 거짓은 아니었다.

전음으로 전했다.

내가 이쪽 세상과 저쪽 세상을 오간다는 사실을 아는 사람은 흑웅혈마와 색목도왕 그리고 설아뿐, 다른 이들이 알아서도 안 되고 알 필요도 없었다.

— 성취는 있었으되 십일성 벽까지 깬 건 아니다. 그리 흥분할 것 없다.

— 무공뿐만이 아니라 마음도 강건해지신 것 같으니, 소마는 너무도 기쁘옵니다! 교주님께서 십성 벽을 깨시고 십일성에 드신 게, 소마에게는 바로 엊그제와 같았습니다.

— 역시 흑웅혈마에게는 아무것도 듣지 못했군?

— 예?

— 가자. 보여줄 자가 있다. 그자를 보고도 그 미소를 잃지 말거라.

설아를 향해 고개를 돌렸다.

"설아는 따라올 것 없다."

이전이었다면 어디를 가냐고 되물었을 설아였지만, 일언반구도 없이 선 자리에서 움직이지 않았다.

*　　　*　　　*

"봉마동으로 가십니까."

갈림길에서 방향을 틀었을 때, 색목도왕이 목적지를 눈치챘다.

그럴 수밖에 없다. 이 길 끝에는 봉마동밖에 없으니 말이다.

내가 그렇다고 대답하자 색목도왕이 앞장섰다. 뜬금없는 교주와 장로의 출현에 봉마동의 교도들이 바짝 얼어붙었다.

봉마동에 들어가서부터는 내가 한발 앞서 걸었다.

지하 1층. 2층. 3층. 깊이 내려갈수록 위험한 자들이 갇혀있다. 광인(狂人)들의 웃음소리가 귀곡성(鬼哭聲)처럼 울려 퍼지고 있는 가운데, 우리 두 사람의 걸음 소리가 뚜벅뚜벅 끼어들었다.

가장 깊숙한 마지막 층. 철문이 우리 앞을 가로막았다.

철문을 열고 들어가자, 뜻밖의 인물이 우리를 기다리고 있었다. 흑웅혈마가 부끄러운 빛이 역력한 얼굴로 우두커니 서 있었다.

"심문하고 있었습니다."

묻지도 않았는데 흑웅혈마가 스스로 대답했다. 도둑질을 하다 들킨 아이처럼, 얼굴에 죄스러움이 가득했다.

"소마는 나가보겠습니다."

"그럴 필요 없다."

색목도왕은 흑웅혈마의 어깨너머를 응시하고 있었다.

그가 바라보고 있는 정면으로 통로가 쭉 뻗어, 그 끝으로 철장이 있었다. 철장 안에는 족쇄를 찬 늙은 이슬람인이 벽에 기대앉아있었다.

내 뒤로 색목도왕과 흑웅혈마가 따라왔다. 색목도왕이 흑웅혈마에게 죄인의 정체에 대해 물었으나, 흑웅혈마는 침묵했다.

촤르르륵!

쇠사슬이 끌리는 소리가 났다. 나를 발견한 칼리프가 몸을 움직였다. 그러나 철장에 가까이 붙기에는 쇠사슬이 짧았다.

"왔느냐."

칼리프는 족쇄가 팽팽해진 지점에서 멈춰 서서 이슬람 제국의 언어로 말했다.

놈은 생각했던 것보다 많이 침착했다.

한편, 놈이 억누르고 있는 분노는 모조리 눈 안으로 쏠려있었다. 기회만 보이면 내 목을 물어뜯을 독사가 그 안에 똬리 틀고 있는 게 느껴졌다.

나는 놈이 차고 있는 족쇄를 흘깃 쳐다본 후, 뒤로 몸을 돌렸다.

"만년한철로 만든 것이군. 잘하였다. 중간에 놈이 깨어났었나 보군?"

"예."

"어땠나?"

"내공이 없으면서도 절정의 움직임을 보였습니다. 서역의 황제가 큰 부상을 입은 게 아니었다면, 소마가 당했었을 지도 모르는 일이었습니다."

흑웅혈마가 대답했고.

"서역의 황제?"

색목도왕이 놀란 목소리를 저도 모르게 터트렸다.

"팔 하나가 잘리는 큰 부상을 입었음에도 불구하고 아무런 치료가 필요 없었다. 내공이 없으면서도 절정의 고수만큼 고강하지. 이는 할라 때문이다."

흑웅혈마의 궁금증을 풀어주었다.

"할라……."

"서역의 무공이다. 그들은 원기(元氣)를 수련한다. 서역의 무공이야 추후에 얘기하기로 하고. 그래. 어디까지 심문하였느냐?"

"교주님만을 찾고 있었습니다."

"고신(拷訊)하지 그랬느냐?"

내 말에 흑웅혈마의 낯빛이 더욱 어두워졌다.

"죄송합니다."

"그대를 꾸짖는 게 아니다. 그렇지 않아도 색목도왕에게 이자를 심문케 하려 했었다. 허나 그대가 낫겠군. 해보겠느냐?"

"무엇을 알아내면 됩니까."

"서역의 군사에 관한 모든 것이다. 지휘 체계, 병력, 훈련, 요새, 보급 등 전부. 고신을 해도 좋다. 도중에 목숨을 끊겨도 상관없다. 다만 그렇게 되면 군사 정보를 입수하는 데 문제가 생기겠지."

"예."

"되묻지 않느냐? 그대라면 전쟁을 준비하느냐고, 되물어야 하는데."

나는 긴장하고 있는 흑웅혈마를 향해 웃으면서 물었다.

"섭섭하십니까? 소마의 잔소리가 그리울 때가 있을 겁니다."

나를 빤히 바라보던 흑웅혈마의 얼굴 위로 연한 미소가 번졌다.

다행이다.

"본좌도 전쟁이 없길 바란다."

그리 말하는데 문득, 바보같이 멍한 얼굴로 우리를 바라보고 있는 색목도왕이 시선에 들어왔다.

색목도왕은 흑웅혈마와 나 사이에 감돌던 미묘한 분위

기쁨만 아니라, 뜬금없이 본교의 지하 감옥에 갇혀있는 서역 황제 때문에 어리둥절한 상태였다.

"맞다. 이자가 바로 서역의 황제다. 본 교주가 서역의 수부(首府), 파달에서 잡아 왔다."

그때.

"고맙구나, 고마워."

뒤에서 들려오는 이슬람어가 있었다.

내가 등을 돌리자, 어스름하게 내려앉은 철장 안의 어둠 속에서 칼리프의 음성이 들려왔다.

"늙어 추해진 부인들과 위대한 혈족의 명예를 모르는 자식들은 애초에 죽어 마땅했다. 칼리프를 지키지 못한 장교와 병사들은 물론이거니와, 하는 것 없이 제국의 영광만 누리고 있던 하찮은 빈민(貧民)들이야 더 말할 것 있겠느냐. 수고를 덜어 주었다. 돌아가서 해야 할 일들을 네가 대신해 주었다."

"돌아갈 수 있을 것 같다? 아직도 그런 희망을 가질 수 있다니, 놀랍군."

어차피 용무는 끝났다.

색목도왕에게 봉마동에 가둔 칼리프의 존재를 알려주고, 그에게 심문을 맡기려 했었다.

"오늘을 끝으로, 내 얼굴을 볼 날이 없을 것이다. 잘 가라."

주절거리는 칼리프를 향해 그렇게만 뇌까렸다.

이미…….

더 남은 복수도 없었다.

                    *   *   *

흑웅혈마가 양피지 세 개를 올렸다.

금실, 청실, 홍실.

각각 다른 색의 실들로 묶여, 보고서를 작성한 곳을 구분하고 있었다.

금실은 장로당에서 쓴다. 금실로 묶은 양피지 안에는 흑웅혈마가 직접 쓴, 칼리프를 심문한 내용이 담겨져 있다.

청실은 오문(五門)에서 쓴다. 오문 중에서도 전세지문에서 올라온 것으로, 괴제에 관한 내용이 담겨져 있을 것이다.

홍실은 사귀사마 팔단(八團)에서 쓴다. 팔단 중에서도 영귀단에서 올라온 것으로, 옥제황월의 행적을 담고 있을 것이다.

고민할 것 없이 하나를 집어 들었다. 머릿속으로 우선

순위가 정해져 있었다.

홍실을 풀고, 정독했다.

"옥제황월……."

마지막 자까지 읽었다.

탁!

손바닥으로 탁상을 내려치면서 밖에 대고 외쳤다.

"촌각살마단주 참혼비수와 촌각살귀단주 귀령비검을 대령하라."

지금.

본교 최고의 살수들을 불렀다.

제3장

황금장(黃金場)

　십절, 오왕, 삼제(三帝).

　무림을 논하면서 빠질 수 없는 이름들이다.

　삼제 중에서, 전대교주는 마제(魔帝)라고 불렸다. 혹은
혈제라고 불렸다.

　전대교주처럼 삼제의 나머지 두 인물에게도 불리는 무
명이 두 개씩이다.

　암제 혹은 괴제.

　검제 혹은 옥제.

　괴제에 대해 알려진 바는 없으나, 무림맹주인 옥제황월
은 다르다. 그는 무림맹주답게 대외적인 활동을 많이 남

겄다. 그래서 그에 관한 풍문이 무림에 가득하다.

수많은 풍문 중에서도 '이 시간 때'까지 무림인들의 뇌리 속에 가장 강렬히 박혀있는 사건은, 단언컨대 전대교주와 옥제황월의 대결이다.

전대교주는 흑천마검을 들고 옥제황월은 백운신검을 들었다. 그렇게 전력을 다해, 십 일을 겨뤘지만 승부가 나지 않았다.

촌각살마단주 참혼비수가 쉽게 대답을 하지 못하는 것도 그 사건 때문일 것이다.

"답하거라."

아무도 모르게 사람 목숨을 제 주머니에서 동전 꺼내듯 하는 사신(死神)이지만 그에게도 예외가 있었다.

"……."

나는 전신뿐만 아니라 얼굴까지도 흑포로 감싼, 이 검은 그림자의 대답을 기다렸다.

이윽고 입 부근의 검은 천이 입술 모양대로 움직거렸다.

"본 단만으로는 필패입니다. 귀단(鬼團)과 합하면 반년입니다."

반년이라는 긴 시간을 말하면서도, 참혼비수의 목소리에는 확신이 없다.

옆으로 고개를 돌리며 물었다.

"너는 어떻게 생각하느냐?"

아무것도 없는 것 같은 허공에서 귀신같은 목소리가 흘러나왔다.

"동일합니다아아……."

촌각살귀단주 귀령비검의 음성이다.

"하면 대상이 옥제황월이 아니라 본 교주라면?"

나는 촌각살마단주 참혼비수 쪽으로 다시 시선을 옮기며 물었다.

참혼비수는 이미 죽은 사람처럼 미동 하나 없었다. 숨결 또한 없다.

뿐만 아니라 얼굴을 흑포로 가리고 있는 데다 기운까지도 지우고 있어서, 검은 천을 덮어씌운 마네킹을 앞에 둔 기분이 들었다.

나는 그가 자아내는 괴이한 분위기가 마음에 들었다.

더욱이 지난 정사대전에서 참혼비수가 이끄는 촌각살마단의 활약을 기억하고 있기 때문에, 나는 그가 어떤 대답을 하든 기분이 나쁘지 않을 것 같다고 생각했다.

하지만.

"본 단, 전원으로 1년입니다."

"너에게 1년을 주면 본 교주를 죽일 수 있다는 것이

냐?"

그러면서 또, 앞에서는 옥제황월은 촌각살마단으로는
어렵고 촌각살귀단까지 합쳐서 반년이 필요하며, 그마저
도 성공을 장담할 수 없다는 듯이 말하지 않았던가.

"크큭."

나는 짧게 웃었다.

촌각살귀단주 귀령비검에게도 똑같은 질문을 했다.

약간의 적막이 흘렀다.

"300일입니다아아……."

촌각살귀단 쪽이 더 막장이다.

지금껏 미동 하나 촌각살마단주 참혼비수가 라이벌의
대답에 반응했다. 아주 조금이만, 그의 고개가 살짝 돌아
갔다.

이것들이?

"크하하하."

내 입에서 대소가 터져 나왔다.

이것들은 시간만 주어지면 나를 죽일 수 있다고 말하고
있었다.

시간 때로 따지자면 지금은, 벽력혈장을 처단하고 교좌
에 오른 약 두 달도 지나지 않았을 것이다. 그래서 나를
얕잡아 보고 있는 것일까? 아니, 그런 것은 아닐 것이다.

그것이 그들만의 계산법에 의해 도출된 답이라는 것을 알고 있었기에, '너희들은 틀렸다' 라고 말하기 이전에 관심이 더 쏠렸다.

"옥제황월과 본 교주의 차이가 무엇이냐."

"그자는 전대 교주님과 맞수를 이루었습니다."

눈앞의 검은 천 안에서 대답이 들려왔다.

생각해 보라.

나는 옥제황월과 제대로 된 대결을 한 적이 없었다.

정사대전과 옥제황월을 수월하게 끝장낼 수 있었던 것은 모두 흑천마검의 힘이었다. 녀석과 합일을 했었기 때문이었지, 그렇지 않았다면 많은 희생과 여러 실패들을 겪어야 했을 것이다.

그렇다고 다시 흑천마검과 합일을 한다? 차라리 악마에게 영혼을 팔고, 육신(肉身)은 들개의 먹이로 던지고 말겠다.

"너희들은 전대교주와 옥제황월의 대결을 봤었군."

대꾸가 없다.

봤었다는 거다.

"진정 맞수를 이루었느냐?"

"예."

참혼비수가 대답했다.

"그게 언제인가."

"십 년 전입니다."

"그렇다면 옥제황월과 겨룬 후 얼마 되지 않아서 잠적해 버린 것이로군. 십 년 동안 교좌가 공석이었지 않느냐. 배교도 벽력혈장이 만행을 저지르기에 충분한 시간이었지."

"……그렇습니다."

참혼비수가 잠적이라는 표현에 반응했다. 그가 불편해하고 있었다.

나는 가만히 고개를 끄덕였다.

돌이켜 생각해 봤다.

감정적으로 생각하지 않고 냉철한 이성으로 보고자 했다.

옥제황월과 겨뤘던 당시에 만일 흑천마검이 없었다면?

순전히 내 힘 만으로만 놈과 싸웠다면?

진다.

그러면 지금은?

모른다.

아니, 적어도 지지 않는다.

아니, 내가 우위에 있다고 본다.

무트타르와 상대했을 때처럼 아주 조금의 우위.

왜?

십이성을 목전까지 두고 시간을 거슬러 왔다.

십일성에 초입에 불과했던 이때의 나와는, 현격한 차이가 있다.

물론 그것만으로는 옥제황월보다 우위에 있다고 보기 어렵다. 이슬람 제국에서 수많은 싸움을 거치며, 특히 무트타르와의 대결 이후로 명왕단천공의 연산 속도가 이전과 비할 바 없이 빨라졌다.

한 수 앞이 아니라 두세 수를 먼저 본다.

"또 무엇이냐?"

내가 물었다.

"그자는 호북에 있습니다."

그러니까 이들은 내가 옥제황월보다 무공이 낮을 뿐만 아니라, 암살 계획을 세우기에 용이한 곳에 있다 생각하고 있는 것이었다.

"생각해둔 수법이 무엇이냐? 잠깐, 둘이 동시에 대답해 보거라."

"연살(煙殺) 합격(合擊)."

"연살 합겨어어어억……."

역시 그런가. 두 음성이 동시에 합쳐졌다. 참혼비수와 귀령비검의 생각이 같았다.

"독살은?"

"필패입니다."

"관살(關殺)은?"

"필패입니다."

참혼비수가 선수 쳐서 말했다.

"연살 합격뿐입니다."

대상자의 행선지를 미리 파악해서 선 잠입 후 오랜 기간 동안 기척을 지워 은신을 유지한다. 그렇다고 대상이 가시거리에 들어왔다고 해서 바로 실행으로 옮기는 게 아니다. 대상의 무공이 고강할수록, 대상의 긴장이 완전히 와해되는 시간을 충분히 가져야 한다.

그런데 두 살수는 그 시간을 한 달로 잡고 있었다.

이동에 한 달, 퇴각 확보에 한 달, 잠입에 세 달, 대기에 한 달.

그렇게 총 반년으로 계산되었다지만, 한 달이란 대기 시간은 동귀어진이나 다름없다.

한 달간.

아무것도 먹거나 마시지 않고 잠도 자지 않으며 배변 활동도 하지 않는다. 진기를 소모하면서 생체 에너지를 대체한다.

한 달간 그리하면 실행이 끝난 후, 죽는 이가 태반이다.

"받거라."

흑룡포의 풍성한 소매 안에서 홍실로 묶어진 양피지가 나오는 순간.

그것이 무엇인지 알아차린 두 살수에게서 섬뜩한 기세가 흘러나왔다.

"너희들로 만으로는 성공을 장담할 수 없는바, 본 교주도 함께할 것이다."

혈마교 역사상 교주가 직접 암살행에 나서는 일은 없었겠지.

하지만 체면은 필요 없다.

이건.

내가 살수들과 함께하는 것이 아니라, 살수들이 나와 함께하는 것이다.

놈을 죽일 수 있는 데에 조금이라도 일조할 수 있는 것이 있다면, 무엇이든 쓸 수 있다.

"본 교주가 합류하는 만큼 연살을 고집하지 않아도 될 것이다. 두 단주는 합심하여 방법이 무엇이든 성공할 수 있는 계획을 짜라. 놈을 죽일 수만 있다면, 본좌와 본교의 무한한 지원이 있을 것이다."

"존며어어엉……."

귀신같은 소리가 허공을 맴돌았다.

"옥제황월. 살(殺)."

검은 천이 달싹거렸다.

*　　　*　　　*

계획이 섰다.

나는 참혼비수가 올린 양피지를 삼매진화로 태운 후 두 장로를 불렀다.

내가 계획을 밝히자 흑웅혈마는 올 것이 오고야 말았다는 표정이었으면서도 아무 말 하지 않았다. 봉마동에서 있었던 일 이후로 입에 지퍼를 채우기로 한 것 같았다.

"무림맹주를! 험험…… 말씀이십니까."

색목도왕이 순간적으로 목소리를 높였다가 헛기침을 했다.

"내일. 본좌와 촌각살단은 중원으로 떠난다."

내가 말했다.

흑웅혈마도 여기에서는 근질거리는 입을 참을 수 없었던 모양이다.

"내, 내일이라니요."

흑웅혈마가 놀라서 소리쳤다.

"이리도 중대한 문제를 어찌……."

사안이 사안이니만큼, 흑응혈마의 말이 길게 이어졌다.

　"지난 십 년간 풍전등화와 같았던 본교이옵니다. 반 천 년의 장구한 역사를 가진 본교인데, 왜 그렇게 흔들렸겠습니까? 교좌가 공석이었기 때문입니다. 교주님께선 본교의 일월(一月)이십니다. 존신에 해라도 간다면, 이제야 안정을 찾은 본교는 어찌하라는 말씀이십니까."

　"이장로의 말이 맞습니다. 부디 재고하여 주시옵소서."

　스윽.

　한 팔을 천천히 들었다. 뭐라 더 떠들려던 둘이 입을 다물고 나를 쳐다봤다.

　"흑응혈마. 얼마 전, 십시 대양에 잠입하려다 자가 누구더냐."

　"적윤명이라는 만풍문의 일개 문도입니다."

　"색목도왕. 만풍문이 어디인가. 만풍문주 금벽풍이 누구인가?"

　"무림맹주 옥제황월의 심복을 자처하는 자입니다."

　"흑응혈마. 최근 정파맹의 최근 행적이 어떠하더냐?"

　"……."

　"대답하거라."

　"교주님께 촉각을 곤두세우고 있습니다."

　"수단과 방법을 가리지 않으면서 말이지. 전대교주 뿐

만 아니라, 배교도 벽력혈장이 있을 때만 하여도 정파맹
은 감히 본교에 첩자를 잠입시킬 생각을 하지 못하였다.
본 교주가 교좌에 오르자마자 그것들의 행각이 어떠하더
냐. 본 교주가 이리 업신여김을 당하면, 그 피해가 전적으
로 본교의 교도들에게 오는 것임을 정녕 모르더냐. 발본
색원(拔本塞源)! 뿐만 아니라!"

화악.

"본 교주와 옥제황월 간의 은원(恩怨)이 있음이다."

내 몸에서 기풍이 일순간 불어나가, 두 장로의 장포가
심하게 휘날렸다.

두 장로가 눈이 휘둥그레졌다.

내 무공이 전보다 증진된 것을 알고 있어도 이를 직접
체감하는 것은 이번이 처음이다.

급기야 온몸의 선을 따라 붉은색 아지랑이들이 뻗쳐 넘
실거리니, 둘은 거의 경악에 가까운 얼굴이 되었다.

강대한 기운이 실내 안을 휘감아 돌았다.

그래서 둘은 깨닫지 못하고 있었다. 거기까지 생각이
미칠 수가 없었다.

보고도 하지 않은 내용을 내가 알고 있다는 사실
을······.

"정 그리하시다면 소마가 호법을 서겠습니다."

흑웅혈마가 말하자.

"소마는 본래 전대 교주님의 호법이었습니다. 소마가 모시겠습니다."

색목도왕이 바로 따라 붙었다. 둘의 눈빛이 허공에서 충돌했다.

"그대들은 본교에 남아 할 일이 많다. 본 교주가 자리를 비우는데 장로들까지 자리를 비워서는 아니 되지."

"하오나!"

"그만. 이장로와 삼장로는 본교에 남아라. 이는 본교주의 명이다. 들어라. 교주가 없는 동안 이장로 흑웅혈마는 동방 무림을, 삼장로 색목도왕은 항시 서역을 주시하라. 혹여나 전운(戰運)이 감돌거든, 그대들이 해야 할 일들을 해야 할 것이다. 알겠느냐."

둘에게서 대답이 쉽게 나오지 않는다.

갑자기 내가 부쩍 달라져서 나타났다고는 해도, 불과 어제까지만 해도 나는 이들에게 보살펴야 하는 어린 교주에 불과했었다.

혼란스럽겠지.

"받거라."

흑웅혈마와 색목도왕이 내가 건넨 책자를 받아 들었다.

그것을 펴 본 둘은 그 책자가 아무런 내용이 실리지 않은 빈 책이란 것을 알아차리고는, 각자의 표정대로 나를 쳐다봤다.

흑웅혈마는 호랑이 같은 눈썹이 살짝 찌푸려진 얼굴이고, 색목도왕은 빈 선물 상자를 받은 어린아이 같은 얼굴이다.

"무엇입니까."

"무엇으로 보이느냐."

"아무것도 쓰여 있지 않은 빈 책자입니다."

"본 교주가 본교를 떠나 있는 동안 적지 않은 일들이 있겠지. 허니, 거기에는 그대들이 쓰고 싶은 자들의 이름을 쓰거라."

둘의 머리 위로 동시에 물음표가 떠올랐다.

이슬람 제국에서 알았다.

본교의 교도들이 교주에게 진정 보고 싶은 것은 믿음이다.

누군가 자신들에게 위해를 끼친다면 교주와 본교가 그 책임을 물을 거라는 믿음. 거기에서 오는 당당한 힘이 이 그네들의 자존감을 만든다. 영광으로 이끌 비전은 그다음에 불과했었다.

"거기에 이름이 써진 자들은 본 교주가 돌아와서 직접

처단하겠다."

흑웅혈마와 색목도왕은 설마 거기까지는 생각하지 못했다는 얼굴들로 나를 쳐다봤다. 입을 반쯤 벌린 둘의 표정이 멍해 보였다.

"단, 그대들도 본교의 위신을 위해 목숨을 아끼지 말아야 할 것이다. 알겠느냐. 본 교주가 없는 동안, 뒷일은 걱정 말고 그대들이 해야 할 일들을 하라는 말이다."

"교주님⋯⋯."

흑웅혈마의 눈빛이 서글서글하게 변했다. 강력한 기운이 담긴 기풍을 일으키고, 위압적인 말로써 관계를 정리하려 했을 때와는 사뭇 다른 반응이었다.

쿵!

색목도왕이 한쪽 무릎을 꿇으면서 포권할 때 나온 소리였다.

마지막으로 준비해 두었던 것을 꺼내기로 했다.

내 시선이 머문 탁상 위에서부터 작은 목곽이 천천히 날아와 내 오른 손바닥 위에 내려앉았다.

목곽을 열자, 스프레이로 분사시킨 것 이상의 진득한 향이 빠르게 퍼졌다.

혈영마단.

십 년에 단 하나만 제작된다는 그것이 총 여덟 알이 남아 있었다.

"그대들이 본교에 남아야 할 이유가 하나 더 있다. 그대들은 삼영회연대진에 들어야 한다."

여린 소녀에 불과했던 설아가 어떻게 단기간 만에 일류 고수로 둔갑할 수 있었을까.

모두 삼영회연대진, 정확히는 네 알의 혈영마단 덕분이다. 삼영회연대진은 혈영마단 네 알의 공력을 온전하게 흡수하게 돕는다.

최소 사십 년에서 최대 일갑자의 공력을 손실 없이 피시전자에게 전달한다.

"교주님!"

당연하겠지만, 흑웅혈마와 색목도왕이 놀란 음성이 튀어나왔다.

"본, 본교의 영단은 그 여덟 알 뿐입니다."

색목도왕과 흑웅혈마 둘 모두가 삼영회연대진에 들면, 본교에 남은 혈영마단이 단 한 알도 없다.

색목도왕도 그 사실을 모를 리가 없었다.

"소마들에게는 너무나 과분합니다. 아니 되실 말씀입니다."

흑웅혈마도 색목도왕을 따라 한쪽 무릎을 꿇으며 말했다.

"그대들을 위한 것이겠느냐, 본교를 위한 것이겠느냐."

그 순간.

잔잔한 호수에 돌멩이를 던진 것처럼, 둘의 눈동자 안에서 파문이 일었다.

둘의 허리가 천천히 굽어지기 시작하더니 이마가 바닥에 닿았다. 그리고는 한참 동안 일어나지 않았다.

둘이 떠난 자리 뒤로, 몇 방울의 물이 나무 바닥 위에 스며든 채 흔적으로만 남아 있었다.

*　　　*　　　*

아무도 모르게 본교를 떠났다.

흑웅혈마와 색목도왕 그리고 설아에게까지도 인사하지 않았다.

십시를 떠날 때까지는 평교도로 위장했다.

그리고 교지(敎地)인 타클라마칸 사막을 벗어나면서부터는 혈마교 문장이 박힌 붉은색 장포를 벗고 검은색 도포로 갈아입었다.

머리에는 삿갓을 쓰고, 오른손에는 흑천마검이 든 검집을 쥔 모습은 정처 없이 세상을 떠도는 방랑 검객 그 자체였다.

교지에서부터 동쪽으로 멀어질수록 사파의 세력이 약해
진다.

이를테면 청해성까지는 구파일방 중 하나인 곤륜이 있
다 해도 8:2의 비율로 사파의 힘이 우세하지만, 사천이나
서안으로 가는 순간 사파와 정파의 힘이 6:4로 거의 팽팽
해지다가, 섬서로 넘어가는 순간 2:8로 저울추가 확 기운
다.

그리고 무림맹과 무망파가 위치하는 호북이나 소림사
가 있는 하남에 이르러서는, 사파의 명맥(命脈)을 찾아볼
수가 없다. 마치 본교의 교지 내에서 정파인을 볼 수 없는
것처럼 말이다.

그렇다고 호북과 하남에서 갈등이 없느냐. 그것은 또
아니다.

호북과 하남은 모두가 정파를 자처하면서도, 힘의 우위
에 따른 지배 구조가 성립된 특이한 지역이라고 할 수 있
었다.

한여름의 불볕더위가 기승을 부리는 어느 날.

비로소 사천을 넘어 호북으로 들어섰다.

죽산 대의원에 들렸던 이후로는 처음 밟는 땅이었다.

흑도(黑道) 혹은 마도(魔道)로 찍힌 자는 결코 발을 붙일

수 없는 곳이 호북이다. 그런 의미로 중립을 선언한 죽산 대의원도 호북 안에 있지만, 호북이 아니라고 할 수 있다.

동방 무림의 패권을 노리며 은밀히 힘을 기르고 있는 문파들과 수백 수천의 무사를 거느리고 있는 거대 방파들 그리고 반 천 년 의 역사를 가진 무당과 대국 황제의 치하(治下)에 이르기까지……

호북은 내게 이슬람 제국만큼이나 다른 세상인 것이 틀림없었다.

호북의 번화 도시 중 하나인 양조에 도착하자마자 포목점에 들렸다.

"주인장 있소?"

내가 말했다.

배가 불룩하게 나온 포목점 여주인이 부채질하면서 거리로 나왔다.

여주인의 눈동자가 빠르게 내 전신을 훑었다. 내 오른손에 쥐어진 검집을 발견한 순간, 더위에 찌푸리고 있던 여주인의 얼굴 위로 어색한 미소가 퍼졌다.

"무엇을 찾으시나요. 대인."

"높으신 분께 인사를 드리러 갈 참이오. 값은 상관 말고 비단으로 된 최상품으로, 알아서 챙겨주시오."

"올리실 용도인가요?"

"아니오. 내가 입을 거요."

그러면서 나는 삿갓을 벗었다.

여주인은 지금껏 마주쳤던 사람들처럼 놀란 얼굴로 내 얼굴을 쳐다보았다.

풍기는 분위기나 목소리와는 달리. 이제 약관을 넘어 보이는 어린 얼굴이 삿갓 안에 감춰져 있었기 때문일 것이다.

"보세요. 대인."

여주인이 하인까지 대동해서 의복을 꾸준히 내왔다.

값을 신경 쓰지 말라고 다시 한 번 확언을 한 끝에, 호박과 상아로 된 단추에 비단을 써서 만든 은자 두 냥짜리 장의(長衣)가 나왔다. 그것이 이 포목점에서 담비 털로 만들어진 외투 다음으로 가장 비싼 것이었다.

내 주머니에서 은자 두 냥이 쉽게 나오는 순간, 여주인은 내가 겉보기와는 달리 주머니 사정이 풍족한 부호라는 것을 알게 된 것 같다.

검을 들고 다니는 무인을 경계하던 여주인은 그녀가 지을 수 있는 가장 환한 미소를 쓴 채, 액세서리들을 권하기 시작했다. 은자 한 냥을 더 써서 비단 장포에 어울리게끔 구색을 갖췄다.

행색은 영락없이 마실 나온 고관 댁 자제인데, 한 손에 부채 대신 검을 들고 있으니 그만큼 어색한 것도 없으리라.

하지만 상관없었다. 특별나게 이목만 끌지 않으면 그만이다. '무림을 동경하는 어느 귀한 댁 도련님' 정도로만 보일 뿐이니.

"황금장(黃金場)이 어디에 있소?"

오늘 대박을 친 여주인은 내게 꼭 대답을 해주고 싶은 얼굴이 되었다.

여주인이 눈동자를 굴리며 그렇게 노력하는 사이, 하인이 조심스럽게 입을 열었다.

"혹 대인께서는 백가 장원을 말씀하시는 건지요."

"음……. 그런 것 같소. 어디에 있소?"

"아! 대로를 쭉 따라 위로 올라가시다 보면 찾을 수 있으실 거예요."

"쭉 따라 위로 올라가라?"

"예. 대인. 가보시다 보면 제가 왜 그렇게 말했는지 아실 거예요."

여주인의 말대로였다.

길고 높은 담이 시가지 한 중심을 가로지르고 있었다. 행인들의 동선이나 주거 지구가 위치한 지리적 특성을 놓고 봤을 때, 이 거대한 장원은 여기에 이렇게 위치해서는 안 됐다.

도시의 중심이다. 시장이 있어야 할 자리에 대(大) 장원이 떡 하니 자리 잡아, 행인들의 통행을 방해하고 있었다.

담을 따라 한참을 걸어갔다.

과연 감택손문(坎宅巽門)이라 하여 풍수학에 따른 동남쪽 모퉁이에 대문이 나타났다.

그 앞으로 먼저 온 손님들로 이뤄진 긴 줄과, 각각 비단으로 싼 선물을 안고서 긴장하고 있는 사람들의 다양한 표정들이 보였다.

검을 든 자 혹은 비싼 비단옷을 입은 자들이 문지기에게 소리를 높이고 있기도 했다. 아마도 먼저 들어가려고 하는 것 같은데, 되려 문지기가 큰소리를 내며 줄 끝을 가리켰다.

얼굴이 벌게진 사내들이 내 뒤로 줄을 이었다.

이윽고 내 순서가 왔다.

문지기는 무공을 익히지 않았다.

당연히 공력도 느껴지지 않았다. 그러나 믿는 구석이 있는 사람만이 풍길 수 있는 당당한 분위기가 그를 감싸고 있었다.

"어떻게 오셨습니까."

그리고는 나를 빤히 쳐다봤다.

"가주께 청탁이 있어 찾아왔소."

문지기는 반응이 없었다.

소매 안에서 작은 목곽을 꺼내 그에게 건넸다.

찰나의 순간에 불과했었지만, 목곽 안의 내용물을 확인한 문지기의 눈빛이 돌변했다. 이 물건을 알아볼까 싶었는데 전세지문의 정보대로, 문지기는 물건을 보는 안목이 있었던 것이다.

"들어가십시오. 도좌방(倒左房)의 청실(靑室)에서 기다리고 계시면, 이 공자께서 부르실 겁니다."

사람들이 웅성거렸다.

등 뒤로 놀라움과 부러움이 함께한 시선들이 쏟아졌다.

그간 누구는 문전박대를 당했고, 누구는 문턱을 넘을 수 있었는데, 문전박대를 당하는 수가 월등히 많았다. 물론 그뿐만 아니고 내게 청실행이 주어졌기 때문이었다.

그것은 황금장에서 나를 귀빈으로 맞이한다는 소리였다.

훌륭한 중정(中庭). 아름다운 정원. 거기다 인공 호수까지.

문턱을 넘는 순간부터 다른 세상이 펼쳐졌다.

청실에서 나를 부르기를 기다렸다.

그리 오래되지 않아 하인이 나를 장원 깊숙한 곳으로 안내했다. 수화문(垂花門)을 지나쳐 안채로 들어섰다.

"도련님. 손님을 모셔 왔습니다."

"들이시게."

하인이 문을 열었고, 그 안으로 벽에 걸린 장엄한 산수화를 감상하며 차를 마시고 있던 사내의 모습이 시선 안으로 들어왔다.

"손님께서는 잠시만 기다려주시겠습니까. 오늘 이소도의 〈명황행촉도〉를 얻은 지라."

젊은 사내가 나를 쳐다도 보지 않고 말했다.

명백히 나를 무시하는 처사였으나, 나는 웃음만 나왔다.

*　　　*　　　*

황금장의 이(二) 공자는 손님을 불러 놓고도 제 취미에 푹 빠져 있었다. 아니면 의도적으로 나를 무시해서 내 반응을 살피려고 하는 것일 수도 있었다.

"이 측봉(側鋒:붓끝을 한쪽으로 치우쳐 용필하는 것)을 보십시오. 석산(石山)을 이리 생생히 표현하다니, 과연 이소도요. 이소도."

"이 공자."

"거연은 마의 올이 풀린 것처럼 붓 자국을 남기고, 이성은 필을 눕혀 누르고, 범관은 붓 자국을 빗방울처럼 남깁니다. 허나 그것들은 기교(技巧)일 뿐, 이소도의 쌍구진색이야 말로 장엄한 산수를 표현하는데 가장 으뜸이 아닙니까."

비로소 그가 처음으로 고개를 돌렸다.

"손님께서는 이소도를 모르시는군요."

그렇게 말하며 썩 달갑지 않은 시선으로 나를 바라보았다.

젊고 준수하게 생긴 사내였다. 내가 그의 불룩 튀어나온 태양혈을 바라볼 때, 그도 내 전신을 빠르게 훑어 내렸다.

그의 눈빛에서 단번에 깨달았다. 그는 나를 하찮게 평가하고 있었다.

무공을 익혔으나 완숙하지가 않아, 상대의 기세를 제대로 읽을 수가 없다.

애송이.

그게 녀석이었다.

"가주께 청탁이 있으시다고요?"

녀석이 말했다.

그런 다음 녀석은 문지기를 통해 건네받았던 목곽을 열고 손부채질을 했다.

휘휘, 바람이 한 번씩 스치고 지나갈 때마다 청아한 향이 코앞을 스치고 지나간다.

"태청단이라고 하던가요. 먼 곤륜에서 온 영단답게 과연 향이 일품입니다. 귀한 것을 가져오셨습니다."

녀석이 계속 말했다.

"아시고 계셨습니까. 가주이신 아버지께서는 영단이라면 사족을 못 쓰시지요. 헌데 손님보다 앞에 오신 분께선 왜 이소도의 달작(達作)을 가져오셨었는지 생각해 보셨습니까? 이소도의 작품을 구할 정성이라면 태청단이 아니라 소림의 대환단도 구할 수 있었을 텐데 말입니다."

"가주께 말을 전해주시오."

녀석의 눈에 가느다란 웃음이 떠올랐다.

"왜 아버님께서는 영단이라면 사족을 못 쓰실까, 물었습니다. 전 중원이 다 아는 사실을 어찌 답하지 못하십니까?"

"황금장의 일(一) 공자가 병상(病床)에 있다고 알고 있소."

"그렇습니다. 그리고 본 공자는 무엇을 좋아하는 것 같습니까?"

"보아하니 서화(書畫)가 아니겠소."

"그렇습니다. 이 영단은 잘 간직하고 있겠습니다. 다음에 손님께서 찾아뵐 때, 본 공자와 함께 아버님께 전해드리는 게 어떻겠습니까?"

이 정도면 거의 직설이라고도 할 수 있었다.

녀석은 내게 그의 형에게 도움이 될 영단이 아니라, 자신이 원하는 것을 가져오라고 말하고 있었다.

녀석은 괜히 크게 돌려 말할 필요가 없었다. 황금장은 직계에게 총관을 역임시켜왔다.

일 공자가 병상에 눕기 전까지만 해도 총관은 항상 일 공자였다.

하지만 일 공자가 병상에 누운 후로 자연스럽게 이 공자가 총관이 되었고, 가주를 만나기 위해서는 무조건 그를 통해야만 하는 것이 황금장의 법이었다.

나는 이 공자를 가만히 쳐다봤다.

총관이 바뀐 지 몇 년이 지났어도, 가세가 꾸준히 유지되고 있다.

그 말인즉, 마주한 것과는 달리 녀석에게 그럴싸한 상재(商才)가 있음을 뜻했다. 그러니 황금장의 주인이 녀석에게 계속 총관을 맡기고 있는 것일 테고.

"그리하시겠습니까. 나가시는 길에 이름을 남기고 가세

요."

녀석은 그것으로 용무가 완전히 끝났다는 듯이 직접 문을 열었다.

그런 녀석의 뒤로 다가가 문을 닫았다.

문이 쿵, 소리가 나면서 세게 닫혔다.

녀석의 얼굴에 웃음이 싹 지워졌다.

"무례하십니다. 이 무슨 행패입니까."

녀석이 나를 노려보면서 정색하고 말했다.

"지금. 가주께 안내하시오. 나는 백 총관이 아니라 가주를 뵈러 왔소."

녀석이 큭, 하고 짧은 웃음을 터트렸다.

한 번 감았다 떠진 녀석의 눈동자에 스산한 공력이 깃들었다.

"예도(禮度)로 대하면 꼭. 동생 같은 자들이 나오는 법이지. 여기가 어디이고, 내가 누구인지 몰라?"

귀한 댁 자제가 아니라, 뒷골목 잡배나 할 법한 어투에 표정이었으나 녀석은 조금도 개의치 않는 것 같았다.

맞다.

여기는 녀석의 세상이다. 녀석은 그 사실을 말하고 있었다.

그러던 문득.

짜악!

녀석의 세상에 따귀 소리가 크게 울렸다.

녀석의 고개가 홱 돌아갔다.

녀석은 단 한 번도 겪어 보지 못한 뜻밖의 상황에 얼어붙어 버렸다. 뻘겋게 달아오른 뺨을 어루만지며, 퀭한 눈으로 나를 바라볼 뿐 이었다.

녀석의 눈동자가 본래 자리를 찾았다. 녀석이 정신을 차린 그 순간.

"감히!"

나는 아래에서부터 치고 올라오는 일권(一拳)을 발견했다.

허리를 살짝 뒤로 꺾자, 녀석의 주먹이 허무하게 허공을 찌르며 올라갔다. 연격(連擊)을 허용할 생각은 추호도 없었다.

짜악!

두 번째 따귀를 올렸다.

공력은 싣지 않았다.

순전한 완력(腕力)만이었으나, 꽤 큰 힘이 깃들어 있던 탓에 녀석은 옆으로 쓰러졌다.

녀석이 무공을 익힌 재빠른 몸놀림으로 쓰러지자마자 일어섰다. 양 볼이 빨갛게 부어올라 있었다. 수치심 때문

인지 이미 뻘겋게 변한 양 뺨뿐만 아니라 이마와 콧잔등
까지도 홍시처럼 달아올랐다.

재미있는 녀석이었다.

한마디만 외치면, 장원의 무사들로 하여금 눈앞의 어린
손님을 혼내 줄 수 있음에도 불구하고 녀석은 그러질 않
았다.

대신 또다시 주먹을 뻗어왔다.

녀석의 나이는 어림잡아 이십 대 후반, 나이 대에 어울
리지 않은 중후한 공력이 녀석의 주먹을 감싸고 있다.

이번에도 나는 녀석의 공격을 흘려보내며 세 번째 따귀
를 올렸다.

짜악!

따귀 소리가 날 때마다 녀석의 고개가 홱홱 돌아갔다.

좌에서 우로, 우에서 좌로, 좌에서 우로.

탁.

녀석의 턱을 잡았다.

만감이 교차하고 있는 녀석의 눈동자를 빤히 쳐다보며
말했다.

"가주께 안내하시오. 이 공자."

녀석의 입 꼬리 끝에서 핏줄기 하나가 주르륵 미끄러져
내렸다. 손등으로 피를 훑는 동안, 녀석의 눈빛이 싸늘하

게 식었다.

"손님께서는 따라오십시오."

*　　*　　*

녀석은 말이 없었다. 차분히 앞장서서 걷고 있기까지
했다.

그래도 녀석의 뒷모습에서부터는.

감히 나를 때려? 황금장의 이 공자인 나를? 그것도 어
린놈이? 제발 죽여 달라고 애원할 때까지 괴롭혀주마. 네
놈이 누구에게 행패를 부렸는지 똑똑히 깨닫게 해주마.
두고 보자.

그런 감정들이 용솟음치고 있는 게 느껴지고 있었다.

발작(發作)하지 않고, 일단은 아무 일 없던 것처럼 행동
하고 있는 놈의 태도가, 그 뻔뻔함이 참으로 흥미롭게 다
가왔다.

"아버님. 손님이 뵙기를 청합니다."

본채 깊숙한 방문 앞에서였다.

"들라."

톤 단위의 무게 추를 달아 놓은 듯한 저음의 목소리가
흘러나왔다.

녀석은 차마 제 얼굴을 아버지에게 보여 줄 수가 없었던 것 같다. 얼굴이 보이지 않게끔 문을 열어 준 뒤 한쪽으로 자리를 비켰다.

문지방을 넘는 등 뒤로, 나를 노려보는 녀석의 시선이 느껴졌다.

"어서 오시오."

황금장의 주인, 백환명이 목 아래까지 드리워진 검은 수염을 쓰다듬으며 앉아 있던 의자에서 일어났다.

그가 평소에 맞이하는 손님들에 비해, 어린 이가 귀빈으로 들어왔기 때문일까.

나를 바라보는 백환명의 눈에 이채가 떠올랐다.

그것도 잠시.

백환명의 미간이 살짝 찌푸렸다.

당연히 손님과 함께 들어와 손님을 소개시켜줘야 할 둘째 아들이, 문만 열어주고 그대로 가 버린 것을 알아차렸기 때문이다.

"백환명이오. 어디에서 온 뉘신 지, 공자의 성함을 들려주시겠소?"

나는 대답을 하기 앞서 기운을 먼저 흘려보냈다. 그러면서 적의가 없다는 뜻으로, 반사적으로 공력을 일으키는 백환명을 향해 고개를 저어보였다.

찰나의 순간, 기막(氣膜)이 형성됐다. 어떤 소리도 이제 밖으로 나가지 않는다.

황금장의 주인이면서도 무림에 이름난 고수이기도 한 백환명이 그 사실을 눈치채지 못할 이유가 없었다.

그가 놀란 눈으로 나를 쳐다봤다.

"참으로 가공할 공력이오. 그쯤하면 되었으니, 이제 공자의 정체를 밝혀주시겠소? 어느 문파에서 이리 걸출한 소(小) 영웅을 배출하였는지, 참으로 대단하외다."

백환명은 진심으로 감탄하고 있었다.

"백환명."

내 입에서 그의 이름이 나지막하게 흘러나오자, 그의 얼굴에서 웃음기가 싹 지워졌다.

그 아들에 그 아버지라니.

이 공자에게서 봤던 영락없는 그 표정이었다.

스윽.

백혼명은 물 찬 제비처럼 바닥을 치고 올라, 벽에 걸린 검을 잽싸게 빼어 들었다.

명검만이 가질 수 있는 예기(銳氣)가 검신에서 번질거렸다.

실내에 커다란 공백이 찾아왔다.

"너. 누구냐."

백환명이 적막을 깨며 말했다.

무림명문임을 자처하는 황금장의 주인에게서 나오는 것이라고 하기에는, 음산해 보이기까지 하는 섬뜩한 기운이 백환명의 눈동자에 머물렀다.

"진정, 대답을 듣고 싶으냐."

내가 말했다.

"내 직접 알아내지."

백환명이 몸을 날려 왔다.

전신이 뻣뻣하고 검도 일(一)자로 뻗었는데, 검신 주위로는 소용돌이 같은 기운이 빠르게 돌면서 공기를 갈기갈기 찢으며 날아오는 것이었다.

그의 검 끝을 보고 있노라면, 발목을 잡아 늪 안으로 잡아당기는 사자(死者)의 손아귀가 연상된다.

한 치의 사정도 남겨두지 않은 살수(殺數)이자 잔인한 초식이다.

관통되는 것으로 그치는 게 아니다.

찔리는 그 순간, 오장육부가 도륙난다.

검기에 휘말려 이미 몇 조각난 방 안의 집기들이 사방에서 날뛰었다.

이제 네 사지와 내장들도 이렇게 갈가리 찢기고 말 것이다.

내게 득달같이 달려든 백환명에게서 그런 기세가 뿜어져 나왔다.

쉬아아아악.

그의 검 끝이 코앞까지 왔다.

나는 검집을 들고 있지 않은 왼팔을 올렸다. 그리고는 엄지손가락과 집게손가락으로 검 끝을 집었다.

백환명의 얼굴이 일그러졌다.

그는 비스듬하게 날아온 그대로, 온 힘을 다해 밀어붙이려 애썼다.

그러나 나는 조금도 밀리지 않았다. 밀리는 건 그였다. 검 끝이 떨리기 시작하더니, 진동이 검신으로 퍼졌고 그에게까지 옮겨졌다.

그가 몸을 부르르 떨다가 멀찍이 거리를 벌렸다.

그리고는 시뻘게진 눈으로 나를 노려보며 말했다.

"본교에서 나왔구나. 직급을 밝혀라."

그가 말했다.

나는 십이양공의 십일성 공력을 끌어올리는 것으로 대답을 대신했다.

내 전신에서 붉은색 아지랑이가 피어오른 순간,

그는 귀신이라도 본 사람처럼 넋이 나가버렸다. 그리고는 역시나 귀신에 홀린 것처럼 멍하니 있다가, 바닥에 이마를 찧었다.

"교, 교…… 교주님을 뵈옵니다."

제4장

진류회(毒蛾進柳會)

　본교의 초대 교주는 선지안(先知眼)을 지닌 분이었다.

　이미 반 천 년 전에 작금의 무림 구도를 예견하고, 후대를 위해 몇 가지 안배를 남겨 놓았다.

　독아진류회(毒蛾進柳會)가 그중 하나다.

　그들은 철저하게 동방 무림에서만 살아간다. 전 시간대에서처럼 본산이 습격을 당할 때에도 모습을 드러내지 않는다.

　오히려 그 무리들과 함께하고 있어야 하는 게 맞았다.

　본교에서도 어지간한 일로는 이들을 위험에 노출시키지 않아 왔다.

"용케도 본 교주를 알아보는구나."

"하교가 지존공을 몰라봬서야 되겠사옵니까. 그렇지 않아도 언제 본 장을 찾아주실지, 오매불망 기다리고만 있었사옵니다."

백환명은 희끗거리는 뒷머리가 보일 정도로 연신 고개를 조아렸다.

초기 이름은 독아진류십회.

이름에서 알다시피 본래에는 열 개의 집단(會)으로 구성되어 있었다.

하지만 세대가 넘어갈 때마다 어쩔 수 없이 그 수가 줄었다.

동방 무림의 경쟁구도에서 탈락하여 명맥이 끊기거나, 본교의 끄나풀인 것이 발각되어 척살되거나.

그렇게 줄어들어 현(現)대에 이르러서는 세 개의 집단만 남았다. 그러나 그것만으로도 실로 대단한 일이 아닌가?

특히나 반 천 년간 정파인으로 살아온 그들에게 배교(背敎)가 거의 일어나지 않았던 것만 하여도, 세계 유수의 인문학자들로서는 평생의 연구 과제를 얻었다 할 수 있을 것이다.

"하교에게 이왕천물(二王天物)을 견식할 수 있는 홍복을 내려 주시옵소서."

백환명이 말했다.

즉, 내가 교주임을 다시 한 번 증명하라는 소리였다.

필수적인 절차다.

스르르.

흑천마검이 검집에서 흘러나와, 허공에서 어둠의 기운을 발출했다.

백환명은 수많은 사람들의 피를 흠뻑 먹은 이 살인마 녀석을, 하늘에서 내려온 천사처럼 바라보았다.

"독아진류회 삼(三) 회주, 하교 백환명이 교주님께 다시 인사 올리옵니다. 지유본교. 천유본교. 천세만세. 마유혈교."

그가 기적을 맞이한 사람과 같은 얼굴로 말했다.

교주를 직접 대면했기 때문에?

아니다.

십시의 교도들이라면 그러했겠지만, 독아진류회는 일반적인 교도가 아니다.

뿌리가 본교에 있다 해도 반 천 년 가까이 정파인으로 살아온 자들이다.

그럼 왜?

그것을 알고 싶다면 천서고 안의 본교의 역사가 담긴 서책들을 뒤적이면 된다. 검색어는 '그동안 독아진류회의 회주들이 본교에게 어떤 지원을 받아왔지?' 로 말이다.

"훌륭한 장원이더구나. 다들 삼 회주의 장원을 칭찬한 이유가 있었어."

내가 말했다.

"모두 본교의 은덕이옵니다. 하교가 어렸을 적, 부친께서도 항상 그리 말씀하셨습니다. 잊지 말거라. 잊지 말거라. 하교도 장남인 초호를 그리 가르치고 있사옵니다."

나는 그가 구태여 일 공자, 백초호를 꺼내 말한 이유를 알고 있었다. 그의 얼굴에 환한 빛이 번진 까닭과 같은 이유에서였다.

"황금장의 일 공자가 병상에 누워있다는 소문이 파다하더군."

"송구하옵니다."

"천의(天意)의 의술이 접천(接天)의 경지던가? 어떻게 생각하느냐."

거기까지 본교가 알고 있다는 사실이 새삼 놀라운 것이었는지, 백환명은 잠깐 말이 없었다. 기영이 어머니 때 그랬던 것처럼 이때의 천의는 아직 폐적(肺積:폐암)을 치료하지 못한다.

소매에서 준비해 온 환약을 꺼냈다. 거기에서 일말의 희망을 본 백환명의 얼굴이 부들부들 떨리기 시작했다.

"우선 이 환약을 먹이고, 본좌가 일을 마치고 돌아간 후에 일 공자를 본교로 보내거라."

비로소 희망이 현실이 되는 순간이었다.

백환명은 이 세상의 모든 빛을 품은 듯한 환한 얼굴을 비쳤다.

쿵!

그가 피가 묻어 나오도록 이마를 바닥에 세게 찧었다.

"하교 백환명, 전지전능하신 교주님의 은덕을 결코 잊지 않겠사옵니다. 하오면 하교가 무엇을 하면 되옵니까?"

그도 바보는 아니었다.

지금 실내에서 벌어지고 있는 상황은 본교와 독아진류회의 관계를 보여주는 훌륭한 예였다.

"단 하나, 황금장의 이름으로 무림대회를 열어라."

내가 말했다.

"차기 가주의 천세 회복을 기원하는 성대한 대회. 무림맹주, 옥제황월이 직접 참관할 수밖에 없을 정도로 성대해야 할 것이다."

"무림맹주…… . 하오면…… ."

백환명은 내가 그를 찾아온 진짜 이유를 눈치 챘다.

그의 안색이 급격히 어두워졌다.

　　　　　*　　　　*　　　　*

　동방 무림뿐만 아니라 대국 전체에서도 부(富)의 크기로
세 손가락 안에 드는 곳.

　저쪽 세상의 재벌이 그러하듯이 표국과 상단만으로 만
족하는 것이 아니라 돈이 되는 곳이라면 어느 곳으로나
사업 영역을 넓히는 곳.

　그래서 지탄을 받기도 하지만, 대놓고 손가락질을 해서
는 안 되는 곳.

　기거하는 하인이 일천이 넘는 거대한 장원을 본가로 둔
곳.

　하물며 전 고용인들의 수는 말할 필요도 없는 곳.

　바로 황금장.

　그곳의 주인은 장원 곳곳에 침투해 있는 간자(間者)들을
염려하고 있었다.

　무림맹.

　황보 세가.

　태평장.

　황궁.

　아무리 적게 잡아도, 이 네 곳에서는 황금장에 첩자를
심어 놓았을 것이다. 자명한 사실이다. 그래서 백환명이

말했다.

"부디 교주님께서는 장원의 대접이 소홀할 수밖에 없음을 양해해 주시옵소서."

황금장에서 나를 높게 대접할수록, 간자들의 시선이 내게 쏠릴 수밖에 없음이다.

그건 나도 원하는 바가 아니다.

"아무렴, 그리해야 할 것이다. 오십 일이면 모든 준비를 마칠 수 있느냐?"

"예. 하교가 더 알아둬야 할 게 있사옵니까?"

"삼 회주는 무림대회를 개최하는 데에만 신경 쓰면 될 뿐, 무엇도 알려 하지 말라."

백환명이 이 이상으로 본교의 작전에 개입해서는 아니 된다.

지금껏 그래 왔듯이.

"하오면 하교의 자제는 무림대회가 끝난 후에, 본산으로 보내겠사옵니다."

그가 마지막으로 크게 읍했다.

"혈마는 위대하시다. 지유본교. 천유본교. 천세만세. 마유혈교."

그의 소리가 완전히 지워지길 기다렸다가, 기막을 거둬 들였다.

백환명도 그것을 느끼고.

"나가 있으시게."

밖에 들으라는 듯이 큰 소리로 말했다.

나는 밖으로 나갔고, 안채 입구 쪽에서 대기하고 있던 하인이 서둘러 걸어왔다.

내게 눈빛을 보내는 하인을 향해 고개를 끄덕여 보이자, 하인은 안채에 들어갔다가 잠시 후에 나왔다.

"이쪽입니다."

장원의 워낙에 큰 탓에 우리는 몇 개의 문을 지나쳐 계속 걸었다.

이윽고 하인이 멈춰 섰다.

도좌백실(倒左白室)이라 적혀 있는 현판이 걸린 문 앞에 서였다.

하인이 문을 열고 들어가자 장원 내의 또 다른 장원이 펼쳐졌다. 사합원이 갖춰야 할 중정, 바깥채, 안채 등을 모두 갖추고 있었다.

중정과 화원으로 먼저 온 황금장의 손님들이 바람을 쐬고 있는 모습이 보였고, 한쪽의 연무장에서는 가벼운 대련을 하고 있는 무림인들도 보였다.

하인은 내가 머물게 될 방을 안내해 준 뒤, 매 끼니 식사 시간과 도좌방에서 지켜야 할 규칙 등을 알려주고 떠났다.

수없이 해온 일인 듯, 장원 안채에서부터 도좌방에서까지의 언행에 조금도 막힘이 없었다.

＊　　　＊　　　＊

한낮이 되면.

도좌백실에 머무는 대부분의 손님들은 중정에 심어져 있는 거대한 느티나무로 모이는 것 같았다. 한 여름의 방 안이 너무도 덥기도 하거니와, 느티나무 아래가 암묵적인 사교의 장이 된 것 같았다.

나는 그들에게 묻혀 있기로 계획했다.

매일 방 안에 처박혀, 없던 호기심을 자아내는 것 보다, 별 볼 일 없는 인물임을 빠르게 인식시켜 주는 편이 나았다.

황금장의 손님으로 머물 수 있는 자들은 하나같이 대단한 가문의 인물들이었으니, 그리 오래 걸리지 않을 것 같았다.

이름은 위효자.

사천의 가왕목에서 큰 기루 여러 개를 운영하는 아비아래 첫째 아들.

어렸을 적부터 무공에 소질이 남다른 것을 눈치 챈 아비가 십초검자라는 사천이십사검 중 일인에게 큰돈을 주고 사범으로 초빙.

때문에 사천 가왕목에서는 일찍이 무공의 기재라고 소문남.

본교가 가지고 있는 수많은 위장 신분 중에, 나는 녀석을 택했다.

실제로 도좌백실에는 그만한 약력은 발에 채이도록 흔했다.

무공의 기재란 소리를 들어 보지 않은 사람이 없고, 가문에 쌓인 부는 하나같이 대단하다. 하지만 그러한 배경도 황금장의 정식 손님이 될 수 있는 필요조건에 불과하다.

위효는 거기에서 더 있는 게 없었다.

황금장의 문턱을 넘을 정도이나, 딱 거기까지일 뿐.

튀지 않는다.

이것이 바로 내가 위효자라는 위장 신분을 택한 이유였다.

"위효자라 합니다."

웃는 가면을 쓰고 느티나무 아래로 들어갔다.

"심전영입니다."

"당경입니다."

"무림동도들은 뇌오라고 부르오."

"진향화예요."

유생(儒生)들로 이뤄진 그룹보다는 무림인들로 이뤄진 그룹을 택했다.

"사천이십사검 중에 한 분이신 십초검자께 검법을 사사받고 있습니다. 무림 영웅들께서는 무슨 얘기를 그리 긴밀히 나누시고 계셨습니까."

"영웅이라니요."

진향화라고 자신을 소개한 여자가 손사래 치는 것을 시작으로.

각자 자신의 사문을 밝혔다. 구파일방 출신은 없으나 다들, 무림 명숙이라 알려진 고수들로부터 무공을 전수받고 있었다.

이들의 스승들을 놓고 보자면 십초검자는 무명소졸에 불과하다 할 수 있었다.

그때부터 이들은 나를 대함에 격식(格式)을 그렇게 차리지 않았다. 그네들끼리는 영웅이니 대협이니 여걸이니 하면서 서로를 치켜세우면서, 내게는 별 관심을 가지지 않았다.

"근 십 년 만에 마교에 마제(魔帝)의 후계가 나타났다

하니, 보시오. 곧 무림에 풍파가 일게요. 우리 무림동도들의 피로 교좌의 건재함을 알리려 할 거란 말이오."

"틀림없이 그럴 거예요. 사부님께서도 뇌 대협과 같은 말씀을 하셨지요."

나는 가만히 고개만 끄덕이고 있었다.

꽤 오랜 시간이 지났어도 내게 먼저 말을 붙이는 사람은 단 한 명도 없었다.

그래도 나는 이야기가 진중해지면 인상을 찌푸리고, 비록 꾸며낸 것이겠지만 호쾌한 모험담이라면 박수를 치면서 리액션을 보냈다.

그러다 보니 어떤 주제에 대해 논하면서 형식상 내 의견을 묻는 이도 했지만, 정말로 내 의견이 궁금해서는 또 아니었다.

며칠만 이렇게 시간을 보낸다. 아무도 나를 의식하지 않을 때, 움직인다.

그렇게 생각할 때였다.

작게나마 소란이 일었다. 본채로 통하는 문 쪽에서부터 나는 소리였다.

한 사람이 나타났고, 손님들이 그에게 자신을 알리기에 여념이 없었다.

그건 이쪽도 마찬가지다.

"총관이신 이 공자께서 오십니다."

누군가 말했다.

다들 분주해졌다. 의관을 정갈히 다듬으면서 인사할 준비들을 마쳤다.

그렇게 이 공좌가 지척으로 가까워지길 기다리고들 있을 때.

그 이 공자가 갑자기 이쪽으로 고개를 돌려 이쪽을 바라봤다. 녀석이 환한 미소와 함께 두 팔을 벌리며 성큼성큼 걸어왔다.

"여기에 계셨습니까."

그가 내 앞에서 말했다.

아니나 다를까, 주위의 놀란 시선들이 내게로 꽂혔다.

"한참을 찾았습니다."

간사한 뱀처럼 가늘어지는 녀석의 눈꼬리가 말해 주고 있었다.

녀석은 아무것도 모르고 있다.

지금껏 나를 꿔다놓은 보릿자루 취급하던 사람들의 눈빛이 달라졌다.

황금장의 이 공자가 사천에서 온 어린 촌놈을 왜 이리도 환대한단 말인가? 필시 밝히지 않은 뒷배경이 어마어

마하리라.

하나같이 그런 생각들을 품은 얼굴들이다.

찌는 듯한 더위.

늘어져서 하품이나 내쉬던 이들이 눈을 반짝거리기 시작한 것과는 달리, 무림대회까지 쥐 죽은 듯이 있고 싶었던 내게는 그렇게 달가운 상황이 아니었다.

나는 이 사건의 원흉을 바라보았다.

남들은 호의(好意)를 가진 선한 미소라고 보겠지만, 나는 녀석의 만면에 머문 웃음의 의미를 잘 알고 있었다.

"동방에서 온 귀한 영삼(靈蔘)으로 차를 달이고 나니, 위 소룡(小龍)이 생각났습니다."

영삼이니, 소룡이니.

나를 대하는 녀석의 태도가 꽤나 깍듯하다. 그래서 사람들은 나를 두고 써내려가던 소설에 더욱 확신을 가진 듯한 얼굴이 되었다.

"위 소룡께서는 이쪽으로."

일단, 녀석이 안내하는 대로 따라갔다.

도좌백실 정문을 넘어서 두 개의 화원을 더 지나쳤다.

인공수로를 따라 졸졸졸 흐르는 물 위로 매화 꽃잎이 떠내려 오고 여름 꽃이 오색으로 만발해 있는 중앙에, 정자 하나가 아담하게 위치해 있었다.

현판에 적혀있는 만화루(萬花樓)라는 이름답게, 풍류를 아는 사내라면 한눈에 반할 법할 곳이었다.

녀석은 데리고 왔던 시종을 되돌려 보낸 후, 정자 안으로 들어가 내게 손짓해 보였다.

내가 정자 안으로 한 발자국 들어서는 순간.

녀석의 얼굴에 머물러 있던 웃음도 일순간 사라졌다. 아마도 녀석은 녀석이 할 수 있는 가장 위압적인 표정으로 나를 노려보는 것 같았다.

오뉴월에 서리를 맺히게 한다는 여자의 원한보다도, 더 깊고 차가운 무엇이 녀석의 눈동자 안에서 꿈틀거리는 게 보였다.

따귀 세 번.

팩트는 단순히 그것뿐이나.

그 단순한 사실이 녀석의 세상에서는 꿈에서도 있을 수 없는 일이었을 것이다.

탁상 위의 놓인 두 잔의 차에선 김이 모락모락 피어오르고 있었다.

녀석이 하나를 집어 들었다.

코로 향을 음미한 뒤, 입안에 한 모금 넣어 두 눈을 감고, 한참을 그렇게 있었다.

성정(性情)을 억누르게 만들 만큼 좋은 차였던 것 같다.

녀석의 눈동자 위로 번질거리고 있던 분노가 많이 사그라들었다.

녀석이 나를 돌아보며 입을 열었다.

"위효자야. 위효자야. 이제 약관(弱冠)에 그리도 고강한 무공을 이루었으니 하늘 높은지 모르겠지. 허나, 먼 길을 걸어 본 장을 찾아온 만큼 본 장의 위신이야 네놈도 잘 알 것이다."

성정이 많이 가라앉아 있다 해도, 한 마디 한 마디에 녀석의 살심(殺心)이 묻어 나왔다.

"네놈 아비도 신신당부했을 것이다. 본 장에 들어서는 대로 허리를 숙이고 또 숙이라고. 헌데도 본 공자의 몸에 손을 대다니. 멸문지화(滅門之禍)를 자초한 건 네놈이다. 그래서 너는 어리석은 불효자다."

"앙갚음을 하려는 것이오? 나는 가주를 꼭 뵈어야만 했소."

내가 말했다.

"그래. 나도 앙갚음을 해야만 하겠다. 본 공자는 황금장의 소주(小主)다."

앙갚음을 얘기하면서도 녀석은 조금도 부끄러운 기색이 없었다. 오히려 정당한 권리를 주장하는 듯한 자연스럽고도 당당한 태도였다.

그러면서 녀석이 다리를 벌리고, 벌려진 공간을 손가락으로 가리켰다.

"왈왈 짖으면서 개처럼 기어오면 네놈 가문만은 건들지 않겠다."

녀석이 여자를 유혹할 때처럼, 부드러운 어투로 말했다.

허나, 제안이 아니다.

명령이다.

오랜 기간 수천 명을 부려 온 사람만이 가질 수 있는 기세가 녀석에게 있었다.

나는 녀석의 벌려진 가랑이 사이를 보면서, 그동안 얼마나 많은 사람들이 저 사이를 기어갔는지 알 것 같았다.

내가 가만히 있자, 녀석이 그럴 줄 알았다는 듯이 혀를 차면서 말했다.

"다른 게 기회가 아니다. 하지만 사천 촌놈답게 무재(武才)에만 밝은 뿐, 세상의 이치에 대해선 무지해도 너무도 무지하구나. 인과응보(因果應報)를 더 말해 무엇하겠나. 네 운도 여기서 끝인가 보구나. 무공이 아깝군. 쯧. 쯧. 쯧."

녀석이 입을 다물었다.

그때.

한 인영(人影)이 화원 뒤쪽에서 정자 안으로 불쑥 난입했다.

그의 하얀색 두 눈썹이 먼저 시선에 들어왔다. 두 눈썹이 하늘로 힘껏 뻗은 백응(白鷹)의 날개를 연상시킬 만큼 잘 생겼다.

뿐만 아니라, 흔치 않은 상승 공력을 지녔다. 하지만 이 중년인은 내 기억 속에는 없는 자였다.

"단전을 폐(廢)하고 사지절맥을 끊어 놓으시면 됩니다."

녀석의 말에 중년인의 눈썹이 꿈틀거렸다.

중년인의 시선이 빠르게 내 위아래를 훑고 지나갔다.

"그렇게까지 해야 하오? 딱, 치기(稚氣) 어릴 때요. 공자께서……."

"후배의 몸에 손을 댔습니다."

녀석이 중년인의 말을 끊었다.

"……그래도 강호의 은원(恩怨)은 공자가 겪어온 것 이상이오."

중년인은 잠시 말이 없다가 내 쪽으로 시선을 돌렸다.

"소협의 사문이 어디인가?"

"딱히 사문이라 할 것은 없소. 십초검자께 검법을 사사받고 있소."

중년인 앞에서도 숙이지 않는 내 모습에, 녀석이 피식 웃었다.

"보셨습니까. 강호의 대선배께도 사천 촌놈의 예도는 딱 저기까지입니다."

"십초검자라."

"저 녀석의 스승이라고 해봤자 이름 모를 야인(野人)일 뿐입니다. 가문 또한 비루하기 짝이 없을 뿐만 아니라 그쪽으로도 손을 써 둘 겁니다. 선배님께서도 오늘 일은 모르시는 것입니다."

"공자……. 다시 한 번 생각해 보시오. 정녕 이렇게까지 해야만 하오?"

"지금이라도 되돌릴 수 있다면 선배님의 말씀대로 따르겠습니다만, 사천 촌놈은 오늘 일을 결코 잊지 않을 겁니다. 선배님께서도 강호의 은원을 말씀하지 않으셨습니까."

끄응.

중년인의 미간에 골이 깊어졌다.

스윽.

중년인이 고개를 반쯤만 돌려 곁눈으로 나를 쳐다봤다.

어쩌다 여기까지 왔는가. 이 불쌍하고도 멍청한 사람아.

나를 바라보는 중년인의 시선이 딱 그러했다.

중년인의 눈에 결심이 섰다.

"공자. 기왕지사(旣往之事). 화근을 남겨서는 아니 되오."

뭐?

나를 불구로 만들자는 녀석의 말에, 중년인은 아예 나를 죽여 놓자고 한다.

너무도 어처구니가 없어서 웃음을 터트렸다.

"크큭."

녀석과 중년인의 시선이 동시에 내 쪽으로 쏠렸다.

"마음껏 웃으시게. 내 어찌하겠나, 강호가 이런 곳이거늘."

"아무도 원망할 것 없다. 네놈의 경솔함을 원망하거라."

"공자. 오늘 나는 이 자리에 없는 거요."

"그렇지 않아도 선배님께서는 진작 본 장을 떠나신 걸로 되어 있습니다. 후배의 몸에 손을 댄 이상 죽이는 것보다는 차라리 불구로 만드는 편이 나을 것 같았으나, 선배님의 말씀이 맞습니다. 화근이 남아 있어서는 아니 되지요."

"음……."

중년인은 인상을 찌푸리면서까지 깊은 고민에 빠졌다.

죄책감 때문인 줄 알았다. 하지만 그가 머뭇거리다 소매에서 꺼낸 작은 약병은 틀림없이 화골산(化骨散)이었다.

중년인에게서 화골산을 받아든 녀석은 새삼 놀랐다는 듯한 눈길로 화골산과 중년인을 번갈아 쳐다봤다.

중년인의 얼굴에 부끄러운 빛이 스치고 지나갔다.

"강호의 은원을 가볍게 여기지 마시오. 공자."

그러니까, 시체까지 녹이는 어둠의 약품을 가지고 다닌다는 말인가.

더욱이 화골산은 정도인(正道人)을 자처하는 자라면 지니고 있어서는 안 될 독약이다.

하기사.

정도인이라고.

그들의 터전이라고.

다를 것 없다.

정도(正道)라는 것은 추구하는 이상이 그렇다는 것이지, 눈앞의 이익을 좇아 움직이는 별반 다를 바 없는 세상이다.

어쨌든 나는 스스로 위선자임을 알고 부끄러워하는 중년인을 보면서 피식 웃었다.

"선배님의 가르침을 명심하시겠습니다."

녀석이 화골산을 품 안에 넣은 다음 자리를 비켰다.

그제야 중년인이 나를 정면으로 몸을 돌렸다.

"소협의 이름이?"

"위효자."

"나는 영도군이라 하네. 들어본 적이 있나?"

"모르오."

"무림동도들은 나를 유성도(流星刀)라 부르네."

"처음 들었소."

"……너무 원통치 마시게. 소협은 십절(十絕)과 싸우다가는 것이네."

중년인이 무심한 눈으로 나를 쳐다보면서 말했다.

십절. 오왕.

누구는 그들을 두고, 같은 무인이라도 평생 한 번 뵙기 어려운 분이라고 말했다.

하긴.

정사대전이라는 큰 사건을 겪으면서까지도 마주쳤던 십절과 오왕은 단 몇 명뿐이다.

죽산 대의원, 천의의 양자였던 비현검.

사천의 전장(戰場)으로 가는 길에 마주쳤던 천일검자.

대협맹 회의에서 호천자.

그리고 옥제황월이 죽은 뒤 정파인들의 구심점이 되었

던 대협맹주 도왕.

이제 한 명이 추가됐다.

하지만 그것 말고는 큰 의미는 없다. 광오하다고 해도 좋다.

십절, 오왕 따위는 내 안중에 없다.

그야말로.

혈마교주와 싸우다 가는 것이다. 그것도 시간을 넘어온 혈마교주와.

"더 할 말 있소?"

내가 말했다.

그가 무겁게 고개를 한 번 젓고는, 내게 오른손을 까닥여 보였다.

"소협에게는 악연이겠지만, 그래도 내게는 뛰어난 후배이니만큼 세(三) 수는 양보해 주고 싶네. 사합(四合)부터 도를 뽑겠네."

그가 큼지막한 도집을 보란 듯이 내밀어 보였다.

"지켜보는 자라곤 이 공자뿐이고 당신도 이 자리에 없는 것으로 되어 있으니, 누가 죽어도 아무도 모르겠소?"

"그러니 강호에서는 제 목숨을 스스로 챙겨야 하네. 시작하시게."

오른 주먹을 말아 쥔 다음.

"맞는 말이다."

그렇게 말하며 궁신탄영(弓身彈影)의 수법으로 몸을 튕겼다.

"흐읍!"

중년인이 황급히 숨을 들이마시면서 거리를 벌리려 하였지만 늦어도 한참 늦었다.

예기치 못했으리라.

눈 한 번 깜빡이고 났을 뿐인데, 사천의 어린 촌놈이 눈앞에 있는 것이다!

나는 그런 중년인의 얼굴에 대고 차가운 숨결을 내뿜으며 말했다.

"제 목숨은 스스로 챙겨야 하지."

누가 죽어도 아무도 모르는 자리이니만큼.

바로 그때.

내 철권(鐵拳)이 그의 심장에 박혔다.

쿵!

중년인의 신형이 무너졌다.

눈앞의 육중한 몸이 쓰러져 내리며 시야에서 사라지는 가운데.

"너…… 누…… 구…… 냐……."

금방이라도 끊어질 듯하면서도 간신히 이어진 한 문장

이 밑에서부터 아련하게 들어왔다.

한편, 이 공자 녀석이 나와 눈이 마주치자마자 몸을 틀고 있었다.

탓!

녀석이 도망치던 방향으로 한 발 앞에 착지했다. 녀석의 안색이 완전히 사색으로 변해 있었다. 녀석이 어버버 입을 떨면서 뭔가를 말하려 애쓰지만, 아무런 음성도 나오지 않았다.

녀석의 눈앞으로 손을 불쑥 내밀었다. 녀석은 너무도 놀랐는지 귀신을 본 것 마냥 완전히 얼어붙어 있는 상태였다.

나는 그런 녀석에게 숨이 끊긴 중년인을 가리키며 말했다.

"화.골.산."

*　　　　*　　　　*

치이이이.

기포가 부글부글 끓어오르고, 살 썩는 냄새가 고약하게 퍼진다.

이 공자 녀석은 오로지 그쪽에만 시선을 고정시켰다.

절대 나를 보지 않겠다는 것처럼.

중년인의 시신이 악취와 함께 완전히 사그라지고 더 이상 볼 게 없어졌을 때, 녀석의 고개가 천천히 움직였다.

녀석이 입술을 오물조물 움직이다가 아주 어렵게 한 음절을 내뱉었다.

"네가."

내가 빤히 바라보자.

"유성도 영도군 대협을 죽……."

녀석이 말을 이어 붙였다.

짜악.

녀석의 말이 채 끝나기도 전에, 녀석의 고개가 홱 돌아갔다.

녀석은 내게 따귀를 맞은 뺨을 한 손으로 감싸며 고개를 늘어트린 채로 가만히 있었다.

"공자는 일 처리 하나는 확실히 할 사람 같으니. 십절이라고 믿었던 자도 죽었겠다, 이제 아무도 오지 않을 거요."

실제로 화원에 들어와 있는 이는 단 한 명도 없었다. 마찬가지로 공력의 파장이 꽤 멀리 흘러나갔을 텐데도, 기척 하나 느껴지지 않는다.

화원에는 녀석과 나.

단 둘뿐이다.

"자. 이제 내가 공자를 어떻게 할 것 같소?"

"살려달라고 하면 늦었겠지?"

숙여진 녀석의 고개 아래서 힘없는 목소리가 흘러나왔다.

"죽일 테면 죽여라. 하지만 이것만은 알아 둬라. 온 천하에 네 녀석이 숨을 곳은 없다."

죽음을 각오했기 때문에 용기가 생긴 모양이다. 녀석이 말을 끝내면서 고개를 치켜뜨고는 나를 노려보는 것이었다.

"황금장의 소(小) 가주는 목숨을 구걸하지 않는다. 다만 황천길로 가기 전에 네놈의 정체나 알고 가자. 정체가 무엇이냐?"

이런 건방진!

짜악!

내 손바닥이 허공을 가로지르니, 녀석의 고개가 또다시 획 돌아갔다.

녀석이 다시 정면으로 고개를 돌려서 나는 또 따귀를 때릴 생각으로 팔을 올렸다. 그러자 녀석이 눈을 질끈 감으며 한 팔로 허공을 휘저었다.

"그만. 그만."

따지고 보면 이 공자 녀석도 본교의 교도나 마찬가지가
아닌가.

그 사실이 작전 중이라는 것을 제외하면, 녀석의 목이
아직도 붙어있는 유일한 이유였다.

"내 정체가 무엇이냐 물었소?"

"그래. 십절 유성도 대협이 네 녀석의 일권에 절명(絕
命)하였다. 이런 것, 들은 적 없다. 본 적도 없고."

"그런데도 말을 함부로 하시는 것이오?"

"말했지 않았나. 황금장의 소 가주는 죽을지언정, 구차
한 모습을 보이지 않음이다!"

"소 가주라. 황금장의 소 가주는 공자가 아니라, 맏형
인 일 공자요."

"아직까지는."

녀석이 짧게 대꾸했다.

그리고는 다시 입을 열었다.

"네놈 정체나 알고 가자는 건데, 무슨 말이 그리 많으
냐."

"공자가 진정 소 가주가 되면 내가 누구인지는 자연히
알게 될 거요. 하니, 그때까지는 방자한 언행을 삼가시
오."

"네 이놈……."

"경고하였소. 공자."

녀석의 눈을 직시하며 말했다.

죽.고.싶.으.냐.

내 눈에서 적나라한 살기가 고스란히 담긴 눈빛이 퍼지는 순간.

일대에 무거운 적막이 내려앉았다.

숨소리 하나 없다.

공기마저 차갑게 식었다.

그렇기에 녀석이 품고 있는 지독한 공포심이 더욱 잘 느껴지고 있었다.

"그렇다면 나를 살려준단 말…… 입니까."

일말의 희망을 보았던 탓인지, 녀석의 눈동자가 흔들렸다.

"설마하니 백가 장원 안에서 백 씨(姓)를 죽이겠소. 일단, 나는 백가 장원의 손님이오. 그대 아버님의 손님이란 말이오."

"아."

녀석의 얼굴이 멍해졌다.

이마와 이마를 붙이고, 녀석의 눈을 똑바로 쳐다보며 말했다.

"두 번 말하지 않을 테니 잘 들으시오. 소 가주가 되면 자연히 알게 될 터, 나에 대해 알려 하지도 말고 찾지도 마시오. 공자가 경솔하게 행동하지 않는 한, 우리가 두 번 다시 볼 일은 없을 거요. 허나. 내 경고를 무시했을 때에는 내가 공자를 찾아갈 거요."

그리고는 녀석의 귀에 대고 속삭였다.

"그리고 그때는 죽고 싶어도 죽지 못할 거요."

몸을 돌린 등 뒤로.

녀석이 풀썩 주저앉는 소리가 들렸다.

*　　*　　*

말귀를 못 알아들을 만큼 명청한 녀석이 아니라는 확신이 섰었기에, 그쯤에서 끝낸 것이 맞았다. 애꿎은 십절 유성도만 비명에 간 것이다.

그날 이후로 녀석이 나를 찾는 일이 없거니와 나 역시 도좌백실 구역에서 나가는 일이 없었기 때문에, 우리는 서로 마주치는 일이 없었다.

중원 전체에 황금장에서 무림 대회를 개최한다는 내용이 담긴 방이 붙여진 이후로 며칠이 지났다.

일인일실(一人一室) 이라는 규칙을 깨고, 각방에 새로운 손님들이 합류하기 시작했다.

나도 두 사람과 방을 같이 쓰게 되었다.

일금선(一金燇) 독고야와 장강패검(長江覇劍) 장일삼 이라는 자였다.

둘은 방에 들어오는 순간부터 불만에 가득 차 있었다.

그들의 명성에 비해 숙소의 등급이 터무니 낮다는 게 그 이유였다. 귀빈급인 청실은 아니더라도 홍실에서는 머물러야 하는 게 아니냐는 것이다.

황금장의 문턱을 넘은 것만으로도 감사하고 있던 백실의 다른 손님들과는 상반된 반응이라, 나는 흥미로운 시선으로 두 장년인을 바라보고 있었다.

"아무래도 우리와 방을 같이 써야 할 것 같네."

"후배에게 괜히 미안하군. 대 황금장이라면서 객실이 왜 이리도 작은 거야."

독고야와 장일삼이 한마디씩 내뱉었다.

그러다 독고야는 벽에 걸린 산수화에, 장일삼은 탁상 위의 자기(瓷器)에 시선을 멈췄다. 둘은 산수화와 자기가 당대의 명성 높은 화공과 도공의 작품이라는 것을 한눈에 눈치챈 것 같았다.

방이 좁다고 투덜거렸던 장일삼이 미간을 찌푸리며 짐을 내려놓았다.

그런 다음 독고야와 함께 내게로 관심을 돌렸다.

"후배는 무림동도(武林同道)인 것 같은데, 사문이 어디인가?"

독고야가 물었다.

"사천이십사검 중에 한 분이신 십초검자께 검법을 사사받고 있습니다."

"사천 사람인가?"

이번에는 장일삼이었다.

"예."

"멀리에서도 왔군. 이름이?"

둘이 기대심을 눈빛으로 내 대답에 집중했다.

"위효자라 합니다."

이건 그들이 원하는 대답이 아니다.

내 대답에 둘은 서로를 바라보며 허탈한 웃음을 지었다.

내 성이 당(唐) 씨가 아니라서 그렇다. 동방 무림에서는 사천이 촌구석으로 평가절하 되지만, 그래도 사천당가 만큼은 달랐다.

둘은 내 호구조사를 나온 공무원처럼 이것저것 물어왔다.

묻는 말에 전부 대답해주고 나자, 독고야가 순간적으로 얼굴을 붉히며 밖으로 나갔다. 세차게 닫힌 문소리가 요란했다.

그러는 이유야 뻔하다.

황금장에서 평가하는 둘의 위치에 대해 다시 한 번 실감한 것이다.

애송이 촌놈과 동급.

장일삼도 독고야와처럼 열 뻗쳐서 나가지만 않고 있을 뿐, 앉은 채로 씩씩거리고 있는 건 별반 드리지 않았다.

"후배는 우리를 알겠지?"

내가 알고 있는 동방 무림의 인사들은 전 시간대에서 정사대전에 참전했던 자들과 오왕이라는 자들뿐이다.

그래서 대체로 구파일방을 주축으로 한 인물들을 몇몇 알고 있는 것인지, 구파일방에서 벗어나면 심지어 십절이라고 해도 잘 몰랐다.

그럼에도 불구하고 나는 이 둘을 알고 있다.

무림대회가 발표된 이후.

도좌백실에는 수많은 소문들이 돌았다.

대체로 무림대회에 참가할 거라고, 혹은 반드시 참가해야만 하는 기라성 같은 고수들에 대한 이야기였다.

장강쌍협 일금선(一金燷)과 상패검(上覇劍)에 관한 이야기도 있었다.

그 둘이 바로 독고야와 장일삼.

"예."

"황금장에는 언제 들어왔나? 아니, 홍실과 청실로 들어간 이들에 대해 알고 있나?"

"알고 있습니다."

"들려주게."

무림에서 제일의 가치는 위신. 즉, 체면!

장일삼은 심각했다.

"구파일방의 제자들이 홍실, 몇몇 장문인들은 청실로 들어갔습니다."

"구파일방은 논할 필요 없네."

"십절 중에는 무상검인 황율 대협과 호천자……."

"천하십절오왕은 왜 또 논하는가. 당연히 논외!"

장일삼이 짜증을 억누르며 말했다. 나는 속으로 웃음을 삼키며 대답했다.

"하면 모릅니다. 헌데 장강쌍협 선배님들께서는 백실에는 어인 일이십니까."

내가 모르는 체하며 묻자, 상패검 장일삼도 멧돼지처럼 뛰어 나갔다.

둘은 한참이 지나서 다시 방으로 들어왔다.

역정 내며 나갔을 때보다는 상당히 기분이 풀어진 상태였다.

알고 보니 장강쌍협과 오랜 세월 은원(恩怨)으로 얽혀 있던 몇몇이 황금장의 문턱을 넘지 못하고, 인근의 객잔에 방을 잡았다는 이야기들을 들었기 때문이었다.

뿐만 아니라 사천 촌놈으로만 보였던 애송이가 황금장의 이 공자와 막역한 사이라는 소문도 들었던 것 같았다.

"후배는 황금장에 무슨 용무인가."

"듣자하니, 무림대회가 발표되기 전에서부터 머물고 있었다던데."

"본가의 업(業)과 관계된 일로 왔습니다."

"후배와는 초면이지만, 후배의 기개(氣槪)가 높다는 것은 한눈에 알 수 있었네."

"무공도 동년배들보다 뛰어나다 하던데. 무림대회에 참가하지 않는다고?"

"예. 곧 본가로 돌아가야 합니다."

"잘 생각해 보시게. 좋은 경험이 될 거네. 또한 무림명숙들과 교류를 할 수 있는 기회이기도 하고. 이렇게 큰 대회는 흔치 않네."

"거진 칠 년만인가."

"도좌방에서도 많은 분들과 인연은 맺을 수 있었습니다."

"음······. 그리 결정하였다니 아쉽게 되었군."

장일삼의 말에 진심이 묻어 나왔다. 밖에 다녀온 이후로 나를 바라보는 시선이 달라져 있음이었다.

"하면 언제 본가로 돌아가나?"

"오늘입니다."

나는 웃으며 말했다.

"오늘?"

"하! 그렇게 되었다면……. 짧은 인연이었지만 훗날 다시 만날 날이 있겠지. 장강에 오거든 우리를 찾으시게. 후배를 위해 아끼는 술을 남겨두지."

"이 사람아. 우리가 어디에 있는 줄 알고 후배가 찾을 수 있겠나? 한량처럼 정처 없이 맴돌기만 하는데."

"말이 그렇다는 것이지. 아무튼 장차 기대되는 후배 한 명을 알게 돼서 기분이 좋구만."

"암. 기대되는 후배지."

그 기대되는 후배는 그날 저녁, 무림맹주 옥제황월을 위해 비워둔 청실의 한 방으로 잠입했다.

*　　*　　*

분명히 촌각살귀단과 촌각살마단 전원이 며칠 전부터 먼저 들어와 있었을 텐데도, 그들의 기척을 느낄 수가 없었다. 지난 며칠 동안 생기(生氣)를 완전히 지워낸 것이다.

그제야 나는 본교의 살수들을 과소평가했다는 것을 깨달았다.

그렇다면 나도 질 수 없지.

이제 나도.

옥제황월을 맞이할 준비를 해야 한다.

스르르…….

천장의 어둠 속으로 미끄러져 들어갔다.

제5장

화근의 왼팔

초인적인 인내는 기본조건에 불과하다.

끼니는 물론이고 물 한 모금 마실 수 없다. 배변 활동도 물론이다. 신진대사(新陳代謝)를 마음대로 통제할 수 있는 경지에 이르지 않는다면 애초에 불가능한 방법이다.

무림고수들 같은 경우엔 내력의 수급만으로 물 없이도 꽤 오랜 시간 버틸 수 있다지만, 연살을 계획한 살수들은 그렇게 할 수 없다.

절대 내기(內氣)를 써서는 안 된다.

내기를 탁한 연기 보내듯 모두 내보낸다 해서 연살이다.

그래서 생명을 유지하기 위해 원천진기를 끌어다 쓸 수

밖에 없고.

그래서 동귀어진의 수법이라는 것이며.

또 그래서 암살 요인(要人)이 반드시 죽여야 할 초절정 고수일 경우에만.

연살을 쓴다.

잠입 1일째.

그러나 내 사정은 이미 대기 상태로 들어가 있던 본교의 살수들과는 달랐다. 이슬람 제국에서 익혔던 할라 수련법 덕분이었다.

살수들처럼 내기는 지우고 원기로만 신진대사를 유지하고 있지만, 오히려 그러고 나자 진기, 즉 원기의 움직임을 더 또렷하게 느낄 수 있었다.

원기가 8만8천 개의 할라를 바퀴 돌면서, 심장 역할을 하는 중추 할라들이 펌프질할 때마다 나는 퍼렇고 뻘건 전기 스파크가 전신 곳곳에서 튀겨대는 느낌을 받았다.

진기를 끌어 쓰고 있기에 내 육신은 조금씩 죽어가고 있어야 하는 게 맞았다.

하지만 스파크가 튈 때마다 도리어 건강해진다.

물론 영양 섭취가 없는 이상 한계가 있을 수밖에 없다.

그런데 그 한계라는 것이, 물이 90도도 아니고 99도도 아니고 오로지 100도에서만 끓듯이 어느 한 임계점에 도달하기 전까지는 상관없었다.

크게 안타까운 것은 8만8천 개의 모든 할라를 느낄 수 있는 수련 방법을 찾지 않는 한, 내게 온 이 이상 현상을 본교의 살수들에게도 전수해 줄 수 없다는 것이다.

할라 수련법을 일천 년간 개발시켜 온 이슬람 제국 내에서도 모든 할라를 느낄 수 있는 수련법이 존재하질 않으니, 내 머릿속의 계획은 결국 가능성 없는 이야기에 불과한 것이었다.

잠입 2일째.

잠입한 이후 처음으로 사람이 들어왔다. 황금장의 여종이 방을 청소하고 나갔다.

잠입 3일째.

여종들은 물론이고 청지기 신분으로 보이는 사내들이 여러 번 방을 오갔다. 그리고 그날 오후쯤에 이 공자 녀석이 방을 찾았다.

매우 당연한 일이지만, 녀석은 나와 촌각살단을 눈치채지 못했다.

"하원."

"옛. 원당소의 〈일조유월화〉, 소유조의 〈산객화산도〉,
병풍은 장오의 작품이며, 자기들은 중장에서 나왔고, 일체
가구 집기들은 모두 목노자의 손을 거친 것들로 채워 놓았
습니다."

"전부 목 왕야의 취향이군."

"목 왕야의 안목은 가주님께서도 인정하셨다시피 당대
최고이십니다. 해서……."

"해서? 우리가 접빈(接賓)할 분은 무림맹주이지 목 왕야
가 아니다. 전부 다 집어치우고, 소요방과 논하여 다시 준
비해 놓거라."

"소요방이라 하시면."

"무림맹주를 곁에서 모신 적이 있으니, 큰 도움이 될 게
다."

"옛."

잠입 4일째.

실내의 인테리어가 완전히 바뀌었다.

서화들 대신 검, 도, 창, 궁 등의 병기들이 벽에 걸렸고,
바닥에는 호피 대신 이슬람 제국에서 넘어온 융단이 깔렸
다.

잠입 5일째.

인테리어의 대미를 장식한 건 야명주라고 불리는 희귀한 기석들이었다. 주먹보다 큰 야명주 세 개를 장인들이 만든 받침대에 올려 도자기들이 있던 자리에 두었다.

"소요방이 그리 말했느냐?"

"예. 맹주께서 주색(酒色)을 멀리하시지만, 야명주라면 만 리 길도 마다하지 않는다 하였습니다. 그런데 또 운남에서 나온 야명주는 취하지 않으신다 하셔서, 석굴에서 나온 것으로만 하자니 이것들이 당장 구할 수 있는 전부였습니다."

"운남산(産) 야명주도 부르는 게 값이거늘. 하물며 석굴에서 채집한 것만을 고집하신다니. 흐하하하하."

"……."

"차라리 죽은 서시(西施)를 대령해 놓는 게 쉽겠네. 금은 보화를 마다할 사람이 어디 있겠냐 만은 석굴산 야명주라니. 천외천(天外天)이 달리 있는 게 아니라, 무림맹주야말로 밝히기로는 천외천이 아닌가. 아니 그러하느냐. 하원."

"상당한 값을 치러야만 했습니다."

"준 만큼 받아낼 것이니, 가주께는 잘 말씀드려 놓거라."

잠입 6일째.

비록 등불이 없다 해도 야광주에서 흘러나오는 빛으로 어둡지 않았다. 더욱이 이끼 색에 가까운 은은한 초록빛이라, 몽환적인 분위기를 물씬 풍겼다.

잠입 7일째.

촌각살단 전원은 일찍이 주변과 완전히 동화된 상태였다.

그리고 나 또한, 잠입한 지 일주일이 지난 그날 목숨을 걸고 분명히 말할 수 있었다.

그 누가 와도 잠입한 우리를 알아차릴 수 없을 것이다.

옥제황월?

삼제?

누구든 오라. 우리가 기다리고 있다.

잠입 8일째.

오전에 여종이 청소하고 나갔고, 정오를 넘어서 이 공자 녀석이 실내 상태를 다시 점검했다.

그리고 그날 해가 질 무렵에.

드디어.

놈이 왔다.

몽골로이드 인종에서는 나올 수 없는 칼날 같은 이목구

비.

비단으로 자아내는 듯한 검은색 생머리,

미소 지을 때마다 여인네보다 아름답게 호선(弧線)을 그리는 눈매와 순백의 눈밭을 연상시키는 깨끗한 눈동자.

그러면서도 나무와 같이 허리를 꼿꼿이 세워 항시 당당한 자세.

미인도(美人圖)에서나 나올 법한 부드러운 피부.

반박귀진의 경지에 이르러 모든 내력을 갈무리한 상태.

겉으로 보기에는 젊은 미남자에 불과한 그 꼴이 기억 속 그대로였다.

그 얼굴이 보였고 실제로도 공격 거리 안으로 들어왔지만, 나는 동요하지 않았다.

촌각살단 전원도 작전대로 움직이지 않는다. 살행일(殺行日) 당일까지 실재하지 않아야 한다. 천장과 바닥의 그림자 속에 녹아든 더 짙은 어둠들에 불과할 뿐이다.

무정냉심(無情冷心).

감정을 지우고 이성을 차갑게 하는 것만으로는 부족하다.

우리는 여기에 있지만, 여기에 없어야 한다.

"포 대협. 무슨 문제가 있습니까."

이 공자 녀석이 옥제황월과 함께 들어온 거구(巨軀)의 장년인을 향해 물었다.

옥제황월이 턱을 쓰다듬으며 야명주를 유심히 바라보는 사이, 장년인이 두리번거리면서 실내 곳곳을 뜯어보고 있었다.

"어이쿠. 백 총관. 이거 무례했소이다. 워낙 몸에 배인지라. 흐흐흐."

장년인이 어수룩하게 대답했다.

"맹주님을 모시는 분이시니 어련하시겠습니까."

이 공자 녀석이 그렇게 웃는 얼굴을 보인 후, 옥제황월 옆으로 다가섰다.

그리고는 정중하게 포권해 보인 뒷문 밖으로 나갔다.

침소를 안내하기 전에 이미 그들은 안채에서 다과(茶菓)를 나누었던 것 같다.

장년인도 옥제황월처럼 야명주에 눈을 가까이 가져갔다. 야명주의 녹색 빛이 장년인의 얼굴 위로 고르게 퍼졌다.

그의 눈빛이 서서히 날카롭게 변하더니, 처음과는 완전히 딴판이 되었다.

"주공(主公). 석굴산입니다."

어투도 그랬다.

한기가 느껴질 만큼 차갑다 할 수 있었다. 장년인은 이 공자 녀석에게 말할 때와는 완전히 다른 사람이 되어 있었다.

옥제황월이 담담히 고개를 끄덕이면서 기울였던 허리를
바로 세웠다.

바로 그때.

놈의 전신에서 상당한 기운이 터져 나왔다.

폭발력 있게 터져서 찰나의 순간에 잔잔한 개울처럼 부
드럽게 변해, 실내의 외벽을 따라 흐른다.

기막(氣膜)이다.

옥제황월이 백운신검을 탁자 옆에 비스듬히 기대 놓았
다.

백운신검은 되돌려진 시간의 여파로 다시 봉인된 상태였
다.

"죽산에서 기별이 왔었소."

옥제황월의 그 말에 장년인의 눈 위로 날카로운 이채가
떠올랐다.

"헌데 우리가 틀렸소. 혈마교주는 대의원으로 가지 않았
소."

옥제황월이 품 안에 있던 전서를 꺼내 장년인에게 건넸
다.

장년인이 빠르게 눈으로 훑었다.

"주공. 아무래도 소인이 직접 대의원에 다녀와야, 주공께

서 마음을 놓으실 것 같습니다."

"회객(灰客)들을 믿지 못하는 것이오? 주인이 수하들을 믿지 못해서야."

옥제황월이 밝은 목소리로 말했지만, 얼굴에는 웃음기가 조금도 없었다.

"중원의 중심에 자리 잡고 있으면서 중도(中道)를 말하는 자들이 거기에 있습니다. 그것만으로도 항상 촉각을 곤두세우고 지켜봐야 할 곳인데, 이제는 어린 마두(魔頭)까지 끼어들었습니다. 대의원의 회객을 믿지 못하는 것이 아니라, 당금 대의원은 가장 주의해야 할 곳이 되었습니다."

"그걸 내가 모르겠소."

옥제황월이 장년인의 어깨를 툭툭 털면서 말했다.

"주공! 마교에 심어둔 회객들이 어린 마두의 행방을 놓치고 말았습니다만, 걱정하지 마십시오. 어린 마두는 틀림없이 죽산 대의원에 있습니다. 삼장로당주는 눈속임에 불과합니다. 소인이 지금 당장 죽산으로 가서, 직접 확인하겠습니다. 주공께서는 마음을 놓으시고 계십시오."

"포 대협만 믿고 있소."

"옛. 주공."

"무림대회를 마치는 대로 뒤따를 테니, 일단 포 대협이 먼저 가 있으시오."

"존명!"

장년인이 힘 있게 포권했다. 외벽을 따라 형성되어있던 기막도 사라졌다.

이제 실내에는 옥제황월밖에 남지 않았다.

"마검의 주인…… 어디로 숨었느냐……."

옥제황월이 야명주에 손을 얹는 그 순간, 범상치 않은 빛이 뻗쳤다 사라졌다.

잠입 10일째.

놈을 위해 황금장이 계획해 둔 일정은 전면 백지가 되었을 것이다.

놈은 자신만의 식사 시간과 목욕 시간이 정확히 정해져 있었고, 의복도 무조건 하루에 한 번씩 새로운 것으로 갈아입었다.

의복을 벗어두는 자리, 백운신검을 놓아두는 자리, 벽력공을 연공하는 자리 또한 매번 일치했다. 또한 정돈되지 않는 것을 참을 수 없으면서도, 타인이 제 침소에 들어오는 것을 원치 않아 본인이 직접 수시로 정리정돈을 하는 모습을 보였다.

놈이 머무는 자리 혹은 행위만으로도 현재 시각을 알 수 있을 정도였다.

그래서 좋게 말해서는 완벽주의자고, 나쁘게 말해서는 편집증 환자라고 할 수 있었다.

놈의 하루 일과를 말하자면.

연공. 목욕. 식사. 외출.

정무. 연회. 세안. 독서.

순으로 흐른다.

그런데 눈여겨 볼 특이사항은 제일 마지막에 있다.

이날에도 정확히 자정(子正).

놈은 어김없이 야명주 하나를 받침대에서 떼어내 침상으로 가져왔다.

그리고는 그것을 두 손으로 받쳐 들고 가만히 눈을 감는다.

본래 은은하게 발출되고 있던 녹광(綠光)이 더욱 선명해진다.

마치 무슨 의식이라도 하는 듯하다.

반개(半開)한 눈으로 야명주를 응시한다. 그러면 사방으로 뻗쳐야 할 야명주의 빛이 오로지 놈의 전신으로만 쏠린다.

이윽고 신체의 곡선을 타고 녹색 빛이 머금어진다.

그것은 종교인들이 말하는 오라(aura) 혹은 내가 십이양공의 열기를 끌어 올렸을 때와 비슷한 형상처럼 보인다.

중원에서 야명주는 빛을 내는 기석(奇石)일 뿐이다. 관상용 외에는 다른 용도로 쓰이는 것을 본 적도 없고 들은 적도 없다. 하지만 녀석의 손아귀 안에서는 분명, 다른 용도로 쓰이고 있었다.

놈이 지금 하고 있는 행위는 단전에 기운을 쌓듯 어떠한 에너지를 저장하는 방법일지도 모른다. 정신을 무의식의 공간으로 유도하는 명상 수련법 중의 하나일 수도 있다.

그게 무엇이든지 간에, 놈의 고향에서 온 것인 것만은 틀림없었다.

지난 시간대에서 보여주었던 이능력(異能力)과 연관되었을 거라고 짐작만 할 수 있을 뿐, 정확한 건 알 수 없다.

잠입 11일째.

놈이 자고 있는 중이다.

반듯하게 누워서 가지런히 두 손을 겹쳐 배꼽에 얹은 꼴이, 바로 관 짝에 들어가도 전혀 이상치 않아 보인다.

하지만 명심하라.

놈이 자고 있을 때야말로, 가장 피해야 할 때이다.

저쪽 세상이었다면 응당 암살학(暗殺學) 박사 학위를 받아 마땅할 본교의 살수들도 그 사실을 제대로 알고 있었다.

나나 놈 같은 초절정의 고수들의 감각은 항상 깨어있다.

수면 중에도 마찬가지다.

사실 나 같은 경우에도 수면이 필요 없어진 지 오래다. 그럼에도 불구하고 우리 같은 초절정 고수들이 수면을 취하는 이유는 안락(安樂)을 위해 즉, 삶의 질을 향상시킬 용도에 불과하다.

그래서 깊은 수면인 논렘 수면까지 들어가지 않는다.

렘 수면보다도 더 얕은 단계를 유지한다.

도리어 그때가 깨어있을 때보다 오감이 더욱 민감해져 있을 때다.

그래서 본교의 살수들은 살행시(殺行時)를 택할 때, 놈이 자고 있는 시간을 처음부터 제외시켰다.

하면 언제 죽이는 것이 좋은가?

보통 살수들은 제대로 잠입한 상태라는 전제조건하에 넷 중 하나를 살행시로 택한다.

잘 때, 연공할 때, 방사(房事:성교) 중에 있을 때, 취했을 때.

위에 설명한 이유 그리고 놈이 주색을 멀리하는 성향을 생각해 보면 남은 것은 하나다.

잠입 12일째.

놈이 눈을 떴다. 머릿속에 알람시계를 박아 넣어두었는지, 지금까지와 한 치의 오차도 없는 똑같은 시간에 몸을 일으켰다.

놈은 이불을 접어, 마찬가지로 똑같은 자리에 두고 침상 중앙에 가부좌를 틀고 앉았다. 그리고는 내기 연공을 시작했다. 놈의 절기 중 하나인 벽력공(霹靂功)의 구절대로 공력을 운기하는 것일 게다.

놈이 연공을 시작했지만, 그렇다고 해서 지금은 아니다.

내가 합류하면서 놈의 긴장이 완화될 때까지 잡은 게 최소 칠일(七日).

그러니까 앞으로 이틀 남았다.

잠입 13일째, 살행일(殺行日)로 하루 전.

실로 오랜만에 동방 무림의 명숙이라는 작자들이 한자리에 모인 만큼, 매일같이 크고 작은 연회들이 여러 장소에서 열리는 것 같았다.

놈은 그 지긋지긋한 연회들을 하루의 일과 중 하나로 잡고, 정무 보듯이 참석해 왔다. 그리고는 무슨 핑계가 그렇게 다양했는지는 궁금할 정도로 매번 똑같은 시간에 침소로 돌아왔다.

지금도 그러했다.

그런데 하인을 불러 세숫물을 요구했어야 할 놈이 평상시와는 다르게 창문을 여는 것으로 저녁 일과를 시작했다.

그다음부터는 세안하고 독서를 하는 것까지는 똑같았다.

놈이 등잔 대신 야명주에 서책을 비춰 읽고 있을 때, 나비 한 마리가 열려진 창문을 통해 실내 안으로 들어왔다.

놈이 서책을 덮었고, 나비가 놈의 손등 위로 사뿐히 내려앉았다.

하얀색 날개를 접었다 폈다. 분명히 예쁜 나비였다. 하지만 그 순간 잊고 있었던 기억의 파편 하나가 내 뇌리를 스치고 지나갔다.

그 나비다.

죽산 대의원에 의생으로 있던 시절에 나와 설아를 따라다녔던 하얀 나비.

놈이 나비를 향하여 중얼거렸다.

헌데 중원의 언어가 아니다.

그렇다고 이슬람 제국의 언어도 아니다.

난생처음 듣는 언어였다. 그나마 부드러운 음절들이 프랑스어와 흡사하게 들리지만 음운 변화 형식에서 명백한 차이가 있었다.

세 번째 눈을 각성시키면 사념을 통해 그 뜻을 알 수 있을 것이다. 하지만 원기를 움직이는 순간, 놈에게 발각될 것이니 그럴 수는 없었다.

야명주에서 나왔던 빛과 똑같은 색깔의 빛이 나비를 감쌌다 사라졌다.

나비를 창밖으로 풀어준 후, 놈이 심각해진 얼굴을 비쳤다.

"총관께 내가 찾고 있다 전해 주시오."

놈이 문을 열어 밖에 대고 말했다.

잠시 후.

이 공자 녀석이 안면에 미소를 띠며 나타났다.

"침소에 불편함은 없으신지요."

"매일 같이 큰 대접을 받고 있는데 불편함이 어찌 있을 수 있겠소. 대국 황제의 침소도 이보다 편하지는 않을 것이오. 자. 밤이 늦었거니와 바쁜 총관을 앞에 두고 길게 이야기하지 않으리다. 본 맹과 황금장의 우애(友愛)를 더욱 돈독하게 할 수 있음인데, 더 고심해서 무엇하겠소. 헌데."

이 공자 녀석이 들어왔을 때와 똑같은 얼굴로 포권했다.

"말씀하시지요."

"금번의 협업으로 본 맹과 황금장이 결속(結束)하게 되면, 황금장의 전주상단은 천하제일의 상단이 될 것이오."

"수차례 말씀드렸습니다만. 다시금 직언을 올리는 것인

데, 무림맹 또한 구파일방의 그늘에서 벗어날 수 있을 것입니다. 맹주님께서는 부디 무례하다 생각지 말아 주십시오."

"맞는 말이오. 다만 본 맹과 협업을 하기 위해선 혈마교를 논하지 않을 수 없소."

"맹주님……."

"혈마교에 마두(魔頭)가 나타났소. 총관도 알고 있을 것이오."

"예. 전 중원이 그 일로 떠들썩하지요. 마제는 죽고 마제의 후계자라지요. 허나 본 장은……."

그때, 놈이 이 공자 녀석의 말을 가로챘다.

"마두의 행방을 알 수 없어서야, 연회장에 모여 십일주야(十日晝夜) 논의한다 해서 무슨 소용이 있겠소. 중원은 마두의 행방을 파악하는 게 최우선이 되어야 할게요."

"마교는 암굴(暗窟)같은 곳이 아닙니까. 무슨 수로 그 속에 숨어 있는 마두의 행방을 알 수 있겠습니까."

"전주상단."

놈이 짧게 내뱉었다.

그러자 이 공자 녀석이 자신도 모르게 얼굴을 와락 일그러뜨렸다. 그러면서도 단호한 의지표명을 하기 위해서인지, 일그러진 얼굴을 구태여 펴지 않았다.

삼제 중 하나이자 무림맹주의 앞임에도 불구하고 말이

다.

"맹에서는 어찌 상도(商道)의 불문율을 건드리려는 것입니까. 아니 됩니다."

"자칫 일을 그르치기라도 한다면, 서역으로 가는 역장(易裝)을 꾸릴 수 없기 때문이오? 상도에서는 언제까지 마교가 비단길의 거점을 차지하고 있는 것을 좌시하고 있을 것이오? 때는 지금뿐이오. 지금을 놓치면 훗날 기필코 후회할 거요."

"이야기가 너무 멀리 간 것 같습니다. 본 장이 무림에도 한 발 걸치고 있는 것이 사실이나, 본 맹의 뿌리가 상도(商道)에 있음을 잊지 말아 주십시오. 전 중원의 상단, 어느 곳도 본 장원과 다르지 않을 겁니다. 밤이 너무 늦었습니다. 이만 돌아가 보겠습니다. 날이 밝고 다시 찾아뵙겠습니다. 그때 더 깊게 논의하지요. 맹주님."

"들어가시오."

이 공자 녀석이 나갔다.

놈은 닫힌 문을 노려보다가, 아무 일 없었던 것처럼 야명주를 가지고 침상으로 올랐다.

침상에서부터 녹색 빛이 퍼지기 시작했다.

14일째, 살행일(殺行日) 당일.

놈이 연공을 시작하기만을 기다렸다.

드디어.

놈이 가부좌를 틀고 앉았다. 아직 동이 트지 않았지만, 야명주가 밝히는 은은한 초록빛이 녀석의 앉은 자세를 완벽히 비추고 있었다.

야명주 빛으로 기이한 분위기가 감도는 가운데 녀석의 연공이 시작됐다.

조금 더 시간을 두어야 한다. 소주천에서 대주천으로 넘어가는 사이, 승천하는 내기의 흐름이 분명히 느껴지는 바로 그때까지 기다린다.

그리고 때가 왔다.

놈은 여전히 연공에 집중해 있는 상태.

녀석의 목을 쥐어뜯고 심장을 파헤칠 잔혹한 눈길 수십여 개가 천장과 사방의 벽에 박혀있음을 조금도 눈치채지 못했다.

살행시(殺行時)에 이르러서야 비로소 나는 볼 수 있었다.

사방의 벽과 바닥에 숨어있던 어둠의 자식들이 동시에 뻗쳐 나왔다. 그들은 녀석을 지옥으로 잡아당길 악령(惡靈)들이었다.

극독을 발라진 비수가 틈 하나 없이 공간을 채우며 날아갔다.

옥제황월이 황급히 공력을 갈무리하며 눈을 번쩍 떴을 때는 몇 개의 비수가 이미 놈의 사지에 틀어박힌 이후였다.

놈이 침음과 함께 놀란 숨을 흡, 하고 들이마시면서 손을 휘저었다.

형체를 갖춘 벽력공의 푸른 기운들이 청룡(靑龍)처럼 움직이며 비수들을 튕겨냈다. 개중에는 본래 주인의 목과 심장을 뚫고 노리고 달려드는 것들이 있었지만, 촌각살단 전원은 미리 약속한 대로 민첩하게 움직이며 좁혔던 거리를 다시 벌렸다.

길이 뚫렸고.

위에서 아래로.

놈의 정수리가 정면으로 들어왔다.

죽어라. 놈.

쏴아아악!

나는 어둠 속에서 몸을 끄집어내며 놈을 향해 폭포수처럼 떨어져 내렸다.

*　　　*　　　*

한 손끝이 놈의 정수리에 꽂히려는 찰나, 놈이 고개를 비껴 틀었다.

손날이 종이 한 장 차이로 녀석의 뺨을 스치고 지나가, 피부 아래를 꿰뚫어 나갔다.

지난 며칠간 바로 이 순간만을 위해 모든 기운을 죽이고 있었던 것만큼, 모든 감각이 그 어느 때보다 생생하게 살아 날뛰고 있었다.

특히 손끝의 감각이 그랬다. 손끝으로 전해지는 감각들에, 나는 마치 내시경으로 놈의 체내를 들여다보고 있는 듯한 생생한 느낌을 받았다.

순간에 폭발한 감각.

초월적으로 활성화된 인지능력.

밀리 초(millisecond:1000분의 1초)가 느껴질 만큼 세상이 느릿하게 변했다.

정수리를 꿰뚫지 못했어도 상관없다.

이미 내 손끝이 놈의 체내를 파고든 순간 작전은 성공한 것이다.

손끝을 꽂아 넣은 그대로 창처럼 찔러 넣어 놈의 심장을 꿰뚫으면 된다.

손끝으로 빗장뼈가 걸리는 느낌이 났다. 과연 필부(匹夫)들과는 비교가 안 되게 단단할 뿐만 아니라 벽력공의 기운까지 미치고 있다. 그러나 놈에게는 불행한 일이겠지만, 우리들의 암습이 성공했다.

벽력공의 기운이 호신(護身)을 위해 크게 움직이고 있는 속도보다도, 내 손끝이 녀석의 빗장뼈를 부서트리고 있는 속도가 더 빨랐다.

손끝이 빗장뼈를 부서트리며, 그 아래 위치해 있던 넓은 목근까지 갈랐다.

더 깊숙이 들어갔다.

새끼손가락에서 손목으로 이어지는 손날 부분으로 첫 번째 늑골이 걸렸다.

반사적으로 튕기는 벽력공의 기운이 또다시 느껴졌다. 이번은 빗장뼈에 닿았을 때보다 그 강도가 거셌다.

그때 깨달았다.

무림에 무수한 내공심법들이 단순한 흉내에 그치는 것과는 달리, 벽력공은 실질적으로 체내까지 보호하는 데 성공했다.

다만 이번에는 대응할 시간이 없이 갑자기 일어났기 때문에 그렇지 못한 것이지, 놈에게 충분한 시간이 주어졌다면 놈의 내부는 금강불괴 이룬 소림의 고승들만큼이나 단단해져 있었을 것이다.

뚜둑.

손날이 지나가면서 놈의 첫 번째 늑골을 부러트렸다. 내 오른손 전체가 놈의 체내 안으로 깊숙이 들어갔다. 그리고는 티끌만큼 아주 조금씩, 손목 부분도 잠기기 시작했다.

쿵…….

놈의 심장이.

쾅…….

박동 칠 때.

체내에서 전체로 떨리는 그 울림이 손 전체로 느껴졌다.

손끝이 조금 더 전진하면서 걸려대던 핏줄들이 터졌다. 그렇지 않아도 뜨거웠던 체내가 더욱 뜨거워지면서, 심장의 울림이 한층 더 가까워졌다.

드디어 놈의 심장을 찌르려는 순간이었다. 그런데 중지 끝에 뭔가가 닿자, 나는 전기에 감전된 듯한 짜릿한 통증을 느꼈다.

놀랄 수밖에 없었다.

벽력공의 기운이 강기(剛氣)와 비슷한 꼴로 놈의 심장을 감싸고 있는 게 아닌가!

그리고 놈의 심장이 두 번째 박동질을 쳤을 때 또다시 놀랐다.

다섯 겹!

다섯 겹으로 이루어진 기막(氣膜)이 심장 주위에 형성되어 있다!

다리 다섯 개가 달린 사람과 마주한 기분이 들었다.

한편, 그 순간에도 손끝은 계속 밀려들어 가고 있는 중이었다.

심장 주위로 이루어진 다섯 개의 층 중 첫 번째 층을 뚫었다.

바로 그 순간 놈이 중심이 급격하게 옆으로 기울어졌다.

놈이 순간적으로 끌어올릴 수 있는 모든 공력을 몸을 기울이는 데 쓰는 것 같다고 느꼈는데, 아니나 다를까 놈의 몸이 확연히 기울어지면서 몇 개의 늑골이 엄지손가락과 검지손가락에 걸려 부러졌다.

놈의 몸이 더 기울었다.

체내 깊숙이 파고들어 있던 내 오른손이 놈의 몸 밖으로 빠질 것 같아, 손날을 세우고 그었다.

놈도 거기에 맞춰 몸을 비틀면서 주저앉다시피 했다.

내 손이 놈의 몸에서 빠져나왔다.

손 전체로 따뜻하게 묻어나온 핏물이 공기와 접촉하던 그 순간!

큰 덩어리 하나가 허공으로 붕 떠올랐다.

손끝에서 삼각근으로 이어지는 왼팔 전체뿐만 아니라, 대흉근 바깥쪽까지 뜯겨져서 만들어진 놈의 일부분이었다.

핏물도 와락 뿜어져 나왔다.

놈은 왼쪽 어깻죽지 전체를 잃고선 한쪽 무릎을 꿇은 채로 몸을 부들부들 떨고 있었다.

그런데 놈의 입술이 움직이고 있다. 야명주가 세 개가 정면으로 꽂힌 서치라이트처럼 발광한 것도 바로 그때였다.

할 수 있는 가장 빠른 속도로 놈의 목을 향해 수도(手刀)를 비스듬히 그었다.

놈의 목에 닿았다.

하지만 걸리는 게 아무것도 없고, 흩뿌려진 녹색 빛만 산산이 흩어졌다.

놈의 기운이 완전히 사라졌다. 백운신검도 함께 말이다.

피가 하나도 묻어 있지 않은 왼 손바닥으로 눈가에 묻은 피를 쓸어내렸다. 눈을 뜨자 놈이 도마뱀 꼬리 자르듯 버리고 간 신체의 일부분이 시야 안으로 들어오는데, 씨발 소리가 절로 나왔다.

죽을 수밖에 없는 치명상을 입힌 것은 맞다.

단순히 팔만 잘려나간 게 아니라 가슴 안쪽까지 뜯겨졌다.

또한 놈이 몸을 기울일 때, 놈의 심장을 완전히 꿰뚫지는 못했지만 대동맥은 건들 수 있었다.

하지만.

놈이 이계의 이능력으로 눈앞에서 사라지던 순간, 놈의

심장에서 나오는 박동소리를 들었다.

미약하고 미약한.

금방이라도 죽어버릴 병든 병아리가 내는 신음 소리 같았어도.

나는 안다.

이런 놈은 쉽게 죽지 않는다.

직접 시신을 확인하지 않는 한, 놈은 살아 있는 것이다.

놈이 남긴 덩어리를 삼매진화로 태워버리며 생각했다.

실내는 완전히 엉망진창이었다.

고개를 들자 내 주위로 우두커니 서 있는 본교의 살수들이 보였다. 눈앞에서 갑자기 사라진 옥제황월의 신형에 놀랄 수밖에 없었을 테지만 그런 감정을 내비치는 이는 없었다.

"퇴(退)."

나는 그렇게 뇌까린 후에 창밖으로 몸을 던졌다.

수십 개의 검은 그림자들도 예정해두었던 퇴각로대로 각각 흩어졌다.

촌각살마단주 참혼비수와 촌각살귀단주 귀령비검과 약속했던 장소에서 만났다. 막 동이 떠오르고 있는 깊은 산중이었다.

"실패하였습니다."

얼굴을 완전히 감싼 검은 천 안에서 딱딱한 목소리가 흘러나왔다.

"너는 어떻게 생각하느냐?"

나는 허공에 머물고 있는 기운에 대고 물었다.

"동감입니다아아……."

참혼비수와 귀령비검도 놈이 그것만으로는 죽지 않을 것이라는 잘 알고 있었다.

삼절 중에 하나를 차지하는 고강한 무공과 이능력 때문만은 아니다. 무림맹주라는 사회적 위치가 그의 명줄을 유지시킬 것이다. 천하의 영약과 의술이 그에게 집중될 터.

"하지만 살아도 살아 있는 건 아닐 것 이옵니다아아……."

어깻죽지가 뜯겨져 나간 것만 하더라도, 그 상처가 너무도 괴랄해서 천하에 손을 댈 수 있는 의자(醫者)는 한 손에 꼽을 것이다.

그런데 극독이 발려진 비수까지 맞았다. 촌각살단이 쓰는 독은 모두 본교의 만악독문에서 제조된 것들이다.

천하에서 만악독문의 절독을 해독시킬 수 있는 사람은 단 한 명, 천의뿐.

그가 꾸준히 본교의 절독을 해독시켜왔기 때문에 본교 내에서도, 그의 이름이 수차례 거론된 시절이 있다고 들었던 적이 있다.

놈이 살고 싶다면 천의를 찾을 수밖에 없다.

"다들 진기를 많이 소모했을 터, 은신처로 퇴각해서 충분히 쉬어야 할 것이다. 허나 본교로는 돌아가지는 않는다. 죽산 대의원으로 오라."

"존명."

"존며어어엉."

*   *   *

인근의 민가에서 낡은 옷 하나를 훔쳐 입었다. 흑천마검도 걸레로 쓸 법한 천으로 말아 쥐고 시가지로 들어섰다.

황금장에선 당대에서 몇 번 있기 힘든 큰 사건이 벌어졌다지만, 아침이 밝은 양조의 시가지는 여느 때와 다름없었다. 마찬가지로 황금장의 높은 벽 너머 또한 조용했다.

아침 햇살을 받으며 시가지를 걸었다.

과연 민가가 밀집한 지역에 사당 세 곳이 있었고, 그중에 하나는 인적이 끊긴 지 꽤 오래 지나 폐가와 다름없이 변해 있었다.

위패를 모셔다 놓은 제단(祭壇) 앞.

총 세 줄.

나는 제일 밑줄의 좌측에서 두 번째 위패를 집어 들었다. 오랜 시간 나 외에는 찾은 이가 없었는지 오래된 먼지가 확 풍겼다.

손가락에 공력을 담아 주욱 그었다.

그렇게 위패 뒷면에 약속된 문양과 본교의 암호문을 그려 넣은 뒤 사당을 떠났다.

죽산 대의원까지는 반나절 밖에 거리지 않는 거리였다.

죽산 근방에, 신씨들이 모여 마을을 만든 신가촌이 있다.

신가촌에 들어서자 케케묵은 앨범에서 흑백 사진 하나를 꺼낸 듯한 기분이 들었다. 잊고 있던 마을의 정경이 펼쳐졌고, 기억하고 있던 대로 마을 북문으로 난 길 끝에 죽산으로 이어지는 길이 보였다.

바로 죽산으로 향하지 않고 객잔에 들렸다. 돼지고기로 육수를 뺀 국수 하나는 주문하되, 물 잔을 뒤집어서 상 끝에 두었다.

죽산으로 향하는 뜨내기손님들이 객잔을 채우고 있었다. 병든 노모와 함께 잠시 쉬었다 가는 이도 있었고, 우는 아이를 달래며 겨우 국물 한 수저 떠먹이고 있는 아낙도 있었다.

무림인으로 이루어진 무리도 셋 정도 있었으나, 구석에

서 혼자 찻잔을 홀짝이고 있는 삿갓 외에는 눈여겨 볼만한
자는 없었다.

물 잔을 뒤집어 상 끄트머리에 두었다.

그걸 바라본 삿갓의 눈빛이 예사롭지 않게 빛났다.

그로부터 약간의 시간이 흘렀다.

차를 다 마신 삿갓이 자리에서 일어나 내 앞에 와 앉았
다. 마치 처음부터 내 일행이었던 것처럼 자연스러웠다.

따라오시오.

그가 그런 눈빛을 내게 흘린 다음, 인적이 없는 외곽으로
이동했다.

"전갈을 어디에 남기셨소?"

그가 우뚝 서서 물었다.

"양조."

내가 짧게 대답하자, 그는 삿갓을 살짝 들어 올리며 날
카로운 눈매로 내 얼굴을 바라보았다.

"어디에서 오신 거요?"

"본산."

"본산에서…… 패(牌)를 보여주시오."

"패는 없다."

삿갓의 얼굴이 험상궂게 굳으려던 그때.

"허나 네가 알아볼 수 있을까."

흑천마검을 싸고 있던 낡은 천을 풀었다. 그리고는 검광(劍光)이 비칠 만큼만 흑천마검을 뺐다가 다시 넣었다. 어둠의 기운을 흠뻑 머금은 빛이 일순간 뻗쳤다가 사라졌다.

그 순간, 삿갓의 몸이 전원 버튼 눌려진 로봇처럼 아래로 푹 꺼졌다. 이마를 땅에 댄 그의 온몸이 사시나무 떨리듯 부들부들 떨리기 시작했다.

"천유양월 천세만세 지유본교 천존교주 독보염혈 군림천하 천상천하 지상지하 광명본교."

삿갓이 36자 교언 전체를 읊었다.

"방현 분교 독보단 일두(一頭), 하교 조울이 교, 교주님을 뵈옵니다."

"호북 분교 신병대장 추마웅에게 전하라."

"옛."

"최대한 신속하게 신병(神兵) 전원을 죽산 인근에 포진시키고, 본 교주의 명을 기다려라. 상처 입은 짐승을 사냥할 것이다."

제6장

선택

　기억 속 어느 날처럼 평범한 대의원의 일상이 펼쳐지고 있었다.

　비현검을 중심으로 한 청협들은 혹 있을 무림인들의 분란과 신분 높은 환자들의 막무가내를 사전에 방지하기 위해 순찰 돌고 있었고, 의생들과 의녀들은 병자들을 돌보고 있었다.

　2년간 대의원에 의생으로 머물 적에, 나는 의생 신분이기는 하였지만 그러면서 또 천의의 스승이기도 하였다. 우리는 그런 관계였다.

　서로가 서로에게 스승이면서도 제자인 그런 기이한 관

계.

그 기이한 관계는 대의원의 몇 가지 비밀을 자연히 알
수 있기에 충분했다. 그렇게까지 큰 비밀은 아니다. 대의
원에는 천고(千古)의 약재들을 한데 모아놓는 비밀 약재
창고가 있었다.

그곳은 천의와 천의의 양자인 비현검 복류건만이 아는
곳이며, 천의가 폐관을 들었을 때 머물렀던 곳이다.

나는 천의가 옥제황월을 치료하고 있지 않고 그의 방에
평상시와 다름없이 있다는 것을 확인한 직후, 대의원 곳곳
을 쥐 잡듯이 수색하고 다녔다.

옥제황월을 숨겨놓을 만한 곳 혹은 옥제황월이 숨어 있
을 만한 곳.

전부를 말이다.

그런데 대의원 어디에서도 조그마한 흔적조차 발견할
수가 없었다. 비밀 약재 창고에도 없었다.

놈은 죽산으로 오지 않았다!

이를 증명하는 가장 확실한 증거는 천의가 바로 내 눈앞
에 일상을 보내고 있다는 것이다.

천의는 기억 속의 그 모습 그대로, 붓을 휘적거리며 이
날 하루 그가 마주했던 병마(病魔)들에 대해 고찰하고 있
는 중이었다.

단언컨대 놈이 왔었다면 천의가 이러고 있을 수가 없다. 연기를 하고 있을 여유조차 없다. 수제자들을 모아놓고, 당시의 천의가 그렇게 꺼려하던 외과적 시술을 하고 있어야 했다.

결국.

모든 광경이 놈이 여기에 없다고 말하고 있었다. 그것은 너무나도 명백해서 더 이상 대의원 내에서 놈을 찾아다니는 건 무의미한 일이었다.

그러면 대체 어디로 갔단 말인가? 이곳 말고는 살아날 구석이 없는데!

스르르······.

그림자 속에서 미끄러져 나온 그대로, 산 아래를 향해 몸을 던졌다.

*   *   *

구약과 신약 혹은 이슬람의 성서에서는 심판의 날을 언급한다.

이날은 천지종말의 날로써 세상이 창조되기 전의 혼돈의 상태로 돌아간다고 한다. 본교에도 그런 비슷한 날이 있다.

또한 심판의 날에 그네들의 신이 세상에 내려와 그네들을 구원하는 것처럼, 본교에서는 혈마(血魔)가 도래한다.

혈마는 그분의 피를 이어온 자손의 몸을 통해 세상으로 나와, 그분을 믿는 신도들과 함께 부당한 세상을 핏물로써 지우고 정당한 세상을 이룩함으로써 믿는 자들을 악 부당한 세상으로부터 구원한다.

신이 내려와서 신도들을 구원한다. 그 맥락은 비슷하나, 본교가 다른 종교들과 큰 차이점은 본교의 교리가 철저하게 사후(死後)가 아닌 현세(現世)에 맞춰져 있다는 것이다. 오욕칠정(五慾七情)을 부정하지 않고, 인간이 타고난 기질로써 인정하고 받아들인다.

즉, 본교에서는 사후세계를 믿지 않는다.

수많은 종교들이 말하는 연옥, 지옥, 극락, 천국 등은 본교의 교도들에게는 죽어서 가는 곳이 아니라 현세에 있는 곳이다.

누군가에게는 천년금박이 지옥일 수도 있고, 혼란스러운 마음을 가진 상태가 지옥일 수도 있고, 이 세상 자체가 지옥일 수도 있다.

혈마교주의 사명이 여기에서 온다.

교도들을 지옥 밖으로 끄집어내고 천국으로 이끌어야 한다.

이미 교리상으로 작금의 세상이 부당하다고 전제되어 있기 때문에, 실제로도 그렇고, 그러한 세상 속에서 교도들을 보다 정당한 세상 즉 천국으로 이끄는 것이 혈마교주의 사명인 것이다.

가만히 생각해보면 혈마교를 창시한 초대교주 혈마는, 급진주의 혁명가가 아니었는가 싶다. 그는 피의 투쟁을 종교를 통해 설명해 놓았고 천 년이 흐른 지금까지도 그의 정신이 내려오고 있다.

각설하고.

본교에서 전쟁은 천국으로 가는 길이다. 영광의 길이다.

특히나 혈마교 아래 정당한 세상이 온다고 믿기 때문에, 교지를 확장시킬 수 있는 전쟁이라면 죽음도 마다하지 않는다.

그래서 혈마의 현신인 내 한마디면, 밭을 갈던 교도들이 쟁기를 버리고 병기를 쥔다. 옷을 꿰매던 바늘을 놓고 철조(鐵爪)를 낀다.

운명으로 인과율로 혈마교주가 되었기 때문에 언젠가는 이룩해야하는 사명이라지만, 또한 본교의 교도들이 열광할 정사대전이라고 해도, 되도록이면 전쟁을 피하고 싶었다.

해야만 한다면 희생이 적길 바란다.

그래서 흔적을 남기지 않고 놈을 죽이려 했다. 심증은 있되 물증은 없으니 전쟁을 준비할 충분할 시간을 벌 수 있었을 것이다.

하지만 이제는 달라졌다. 흔적을 남기지 않고 놈을 죽이기가 요원해졌다.

"하교 추마웅."

본교의 상승 무공 중 하나인 패양공(敗陽功)이란 무공을 익힌 그는 인간의 한계에 도전하는 근육을 가진 사내다.

"전능하신 교주님을 뵈옵니다."

열여섯 글자 교언을 외치는 그의 목에 핏발이 또렷하게 섰다.

험상궂은 그의 모습에서 연상하기 힘든 눈물이 두 눈에 그렁그렁 맺혀 있었다. 그의 어깨너머로 호북의 분교신병 백여 명이 절을 하고 있는 모습이 보였다.

지난 시간대에서 그와 처음 대면했던 곳도 바로 이곳 죽산에서였다. 그때의 그가 고스란히 재생되고 있었다.

"무슨 일이든 하명만 하시옵소서. 하교가 백 번 죽는 한이 있더라도 교주님의 명을 받잡을 것이옵니다."

동방 무림에서 분교신병들의 움직임을 눈치채지 못했을 리가 없을 터.

"신병들을 다시 분교로 되돌려 보내고, 너와 몇몇만 남아 대의원을 주시하고 있거라. 만일 옥제황월을 발견하게 되거든 내게 보고함과 동시에 그 즉시…… 죽여라."

　추마웅의 눈이 부릅떠졌다.

　"놈은 당장 죽어도 이상치 않을 부상을 입은 상태다. 수단과 방법을 가리지 말고 죽여라. 그리고."

　그러면서 나는 추마웅에게 전갈 하나를 전했다.

　"이장로 흑웅혈마에게 보내라."

　"존명!"

　내용은 다음과 같다.

　하나.

　독아진류회와 전세지문 그리고 영귀단과 영마단의 모든 정보력을 부상입고 실종된 옥제황월의 행방을 쫓는데 집중시켜라.

　둘.

　외당으로 하여금 지난 수십 년간 자연히 사라진 정마교와 연락책을 다시금 구축케 하고, 동시에 삼살삼사, 여섯 문파의 수장들에게 직접 대전이 일촉즉발(一觸卽發)의 순간까지 왔음을 알려라.

　셋.

　지천무문은 혈마군을 소집하여 훈련시켜라.

넷.

본 교주는 옥제황월의 행방을 알게 되는 그 즉시, 놈이 어디에 있던지 간에 찾아가 죽일 것이다. 두 혈마장로는 기다렸다가 혈마군과 함께 사천, 섬서, 감숙성까지 밀고 올라올 수 있도록 하여라.

지도로 치자면 천하를 정확히 세로로 이등분 하는 경계면까지고, 전 시간대로 치자면 지난 정사대전에서 확장시킨 딱 그만큼의 지역이며, 동방 무림과 대국의 시선으로 보자면 아슬아슬하게 세외(世外) 지역까지라고 할 수 있다.

그때까지만 해도 삼황(三皇)은 세상에 관여하지 않았다.

그러나 본교의 혈마군이 사천을 넘어 호북으로 향했을 때 그들이 나타났었다고 한다. 그들의 정체와 힘에 대해선 아는 바가 없기 때문에, 일단은 그들이 관여하게 될 빌미를 만들지 않는다.

전 시간대에서처럼 천하의 반을 삼킨 뒤 종전 협상을 하고 그런 다음에 본교를 발전시키고 부강하게 만들어, 혹시 들어올지 모르는 이슬람 제국의 군사들을 막아낼 생각이다. 수도가 완전히 파괴되어 지금 당장은 들어올 확률이 희박하겠지만.

황금장 담벼락 앞.

이번에는 정문으로 들어가지 않고 대의원에서 그랬던 것처럼 은밀히 담을 넘었다.

곧장 가주의 안채로 들어간 그때는 자정을 훌쩍 넘긴 깊은 밤이었다. 아름다운 젊은 부인을 옆에 두고 있으면서도, 자고 있는 백환명의 얼굴 위로 근심이 한가득 쌓여 있었다.

— 삼 회주.

백환명이 눈을 번쩍 뜨며 순간적으로 공력을 일으키려 할 때, 나는 어둠속에 잠겨 있던 몸을 등잔 불빛 앞으로 스르르 내밀었다.

백환명은 깊이 잠든 부인을 확인하며 소리 나지 않게 몸을 일으켰다. 등잔 불빛에 비친 벽면의 큰 그림자가 내게 허리를 숙여왔다.

— 교주님을 뵈옵니다.

— 어떻게 처리하였느냐.

— 독아진류회의 수칙에 따라, 하교의 차자(次子:둘째 아들)에게서 보고받은 즉시 무림맹에도 전갈을 보냈사옵니다. 해서 무림맹에서는 본 장원으로 백룡당을 파견하였

고, 백룡당은 철저히 비밀리에 조사 중에 있사옵니다. 정황상 무림맹주가 피습당하고 실종된 것이 분명한 사안이니만큼 백룡당에서는 조사가 끝나기 전까지는 불문에 부칠 것으로 사료되옵니다.

— 진심으로 조사에 임하는 것처럼 보이더냐?

— 맹주가 이미 죽은 지 모르는 그들로써는 그럴 수밖에 없지 않사옵니까.

— 아직 죽지 않았다.

— …….

— 살아난다면 맹에 연락을 취하려 할 테지. 맹 쪽으로 촉각을 곤두세워라. 특히 새로운 외팔이가 나타나거든, 그놈을 눈여겨봐야 할 것이다.

— 맹주가 팔을 잃었사옵니까? 어느 쪽 팔이옵니까.

— 왼팔이다.

황금장에서 나올 때였다.

막 담을 넘어 시가지 쪽으로 방향을 틀던 순간 머릿속으로 흑천마검의 웃음소리가 퍼지기 시작했다. 시일이 많이 지났음에도 불구하고, 그날 녀석이 벌인 일이 어제 일처럼 눈앞에 선했다.

무시하려는데 놈의 한마디가 내 신경을 곤두세웠다.

— 넌 찾지 못해. 애송이.

녀석은 날 멈춰 세우는 데 성공했다.

어둠에 잠겨 있는 좁은 골목 쪽으로 녀석을 던졌다. 골목의 어둠 속에서 눈동자 두 개가 번질거리며 그 모습을 드러냈다.

녀석이 세상 즐겁다는 듯이 웃고 있었다. 또한 이슬람 제국에서 가져왔던 상처도 전부 나아, 지난 패잔병 같은 모습은 온데간데없이 사라진 상태였다. 녀석의 광오한 눈빛이 번뜩였다.

"내가 무엇을 찾고 있는 줄 알고 있나?"

"그 젊은 인간. 우리가 한 번 죽였었지. 그런데 애송이넌, 절대 찾지 못할걸."

녀석이 알고 있다.

"속셈이 뭐야?"

"찾아서 죽이고 싶지 않아?"

"흥."

짧은 콧방귀.

"이 몸이 알려주지."

"이번에야말로 내 영혼을 달라고 하지그래."

녀석이 씨익 웃자, 날카로운 이빨들이 보였다. 송곳니뿐만 아니라 앞니 어금니 등 모든 이빨이 악어처럼 날카롭다.

저것들이 평소에는 서로 톱니처럼 맞물려 있다가, 말할 때는 들짐승 잡을 때 쓰는 덫처럼 섬뜩하게 벌어진다.

잘못 밟으면 발목이 날아가지.

"다음에는 꼭 그러지. 크크큭."

녀석이 말했다.

"어디에 있지?"

"여기엔 없다."

"여기엔 없다니."

그럼……?!

나는 얼굴을 일그러트리며 물었다.

"제 세상으로 돌아갔다는 건 아니겠지?"

대답이 없다.

하지만 섬뜩하게 걸려 있는 녀석의 웃음만으로도, 알아차릴 수 있었다.

놈이 이계(異界)로 사라졌다.

           *   *   *

"백운신검이 눈을 뜬 것이겠지?"

"젊은 인간의 피가 그 계집을 깨웠다."

"온전한 기억을 간직한 채로 깨어났을 텐데……. 그렇

게 된 것이로군."

시간이 무(無)로 되돌려질 때 백운신검의 기억까지도 없
던 것이 되어버렸다면 이런 상황에 오지 않았을 것이다.

하지만 백운신검은 모든 걸 기억한다. 내가 그녀를 어떻
게 홀대했었는지, 절진과 한철로 봉인되었던 지난 기억 모
두를 말이다.

옥제황월이 죽을 때까지 놈을 주인을 택하지 않았던 백
운신검이었다.

하지만 이제는 달라졌다.

백운신검이 놈을 주인으로 택했기 때문에, 내가 흑천마
검으로 저쪽 세상과 이쪽 세상을 오가듯 이계로 넘어간 것
이 틀림없었다.

흑천마검에게 거기에 대해 묻자 녀석이 낄낄대며 그렇다
고 대답했다.

"날 데려다 줄 수 있겠지?"

"글쎄."

"웃기지도 않는군. 네 녀석이 원하는 게 이거잖아. 네
녀석도 혼자서는 다른 세상으로 갈 수 없지. 잔말 말고 문
이나 열어. 허락한다."

"건방지긴."

흑천마검은 뱀이 웃는 얼굴을 띠면서 손톱을 비스듬히

그었다.

허공에 그려진 대각선으로 빛이 새어나왔다. 그러는 동시에 절개된 복부가 갈라지듯, 일순간에 틈이 확 벌어졌다.

벌려진 시공간의 틈 안으로 다른 세상의 모습이 보였다.

눈이 얹어진 짙푸른 침엽수가 하늘을 찌를 듯이 높게 서서 군락을 이루고 있고, 시선을 멀리 잡으면 넓게 펼쳐진 설원과 거친 계곡 사이로 잔잔하게 머물고 있는 강물을 볼 수 있었다.

벌써부터 싸늘한 공기가 느껴졌다.

"놈이 있는 곳을 열어."

"원한다면."

흑천마검이 기분 나쁜 웃음과 함께 내 앞으로 손을 내밀었다.

그것이 무엇을 의미하는 것인지 모를 리가 없던 나는 얼굴을 와락 구기며 말했다.

"웃기지 마."

다신 합일 따윈 하지 않는다.

아니, 합일이란 개념 자체를 머릿속에서 지웠다.

놈에게 의지가 넘어갔을 때 어떤 결과를 초래하는지 절대 잊어서는 안 된다. 비명과 울부짖음으로 가득 찬 지옥의 광경이 뇌리를 스치고 지나간다.

"나와 합일하지 않고서는 네 녀석도 보잘것없어지는군. 대체 혼자서 할 수 있는 게 뭐냐."

"혼잣말은 작게 해야지. 다 들린다고."

녀석이 제법 괜찮게 받아쳤지만, 우리는 누구도 웃고 있지 않았다.

녀석을 무시하고 틈 안으로 걸어 들어갔다.

쑤욱.

발 디딜 곳 없는 높은 하늘 위였다.

빠르게 수직 낙하하되, 착지 순간만큼은 초상비(草上飛)를 연상시킬 만큼 가볍게 착지했다.

일단 주변을 둘러보았을 때에는 스칸디나비아 쪽 설원과 흡사했다.

"왜 이곳이지?"

내가 말하자, 입에서 담배 연기와 같은 하얀 김이 화악 뿜어져 나왔다. 나는 금방 식어가는 체온을 느끼며 십이양공의 열기를 살짝 끌어 올렸다.

공력을 이용하지 않고서는 버틸 수 없는 추위가 가득한 곳이었다.

"왜 이곳이냐니."

흑천마검이 내 옆으로 따라붙으며 대답했다.

"여기에서 놈을 찾을 수 있을 것 같나."

만약 이곳이 놈이 도착한 곳이라면 혈흔을 발견해야만
했다.

특히나 이렇게 새하얀 눈으로 뒤덮인 설원에서라면 너
무나도 쉽게 찾을 수 있었을 것이나, 그 어디에서도 티끌
만한 붉은색 한 점 조차 없다.

"이계 전체를 들쑤시고 다니라는 것이냐."

큰 기대를 가지지 않고 말했다.

역시나.

짜증 내고 있는 내 모습이 즐거운지 아무런 대꾸 없이
서 있을 뿐이었다.

흑천마검이 인간형에서 다시 검의 형상으로 돌아가는
동안, 나는 이계 전체에서 옥제황월을 어떻게 찾을 수 있
을까 생각해 보았다.

일단 지금 내가 아는 것을 나열해보면, 놈이 이계에서
왕가에 준하는 높은 신분이라는 것과 놈의 얼굴 그리고 이
계를 넘어올 수 있었던 힘 혹은 장치 혹은 조력자를 지니
고 있었다는 것이다.

또한 놈이 나를 따라 넘어온 현대 세상에서 그렇게 탐냈
던 논문들, [증기기관의 구조, 설계 및 작동원리], [건식화
약과 습식화약], [18세기 조총제조] 등으로 이계의 문명 수

준을 추정하건데 근대를 넘어가지 못했던 것으로 보인다.

그쯤에서 어느 정도 생각을 정리한 나는 흑천마검을 향해 한마디 뇌까렸다.

"네 녀석의 도움 따윈 필요 없다."

그러면서 검자루를 강하게 움켜쥐고 기운을 일으켰다.

그러자 푸른 빛무리가 검신에서 터져 나왔다.

다신 녀석에게 의지하지 않는다.

쏴악!

그건 마치 손가락을 움직이고 눈을 깜빡이는 것처럼, 일종의 감각을 쓰듯 자연스럽게 일어났다.

그러니까 손가락을 움직일 수 있는 방법을 설명해 줘, 눈을 깜빡일 수 있는 방법이 뭐야?, 라는 물음에 그냥 할 수 있어 라는 뻔한 대답처럼 말이다.

세상을 감쌌던 푸른 빛 무리가 사라지고 나자, 나는 서재에 있었다.

창밖으로 연안에 떠 있는 항공모함이 보였다. 책상 위에는 저쪽 세상과 이쪽 세상의 시간 관계를 확인해 볼 때 썼던 손목시계가 있었다.

손목시계가 마지막으로 확인했던 그 시간을 가리키고

있는 것을 다시금 확인한 뒤에 옷장을 열었다.

격식 차릴 필요 없다. 가벼운 운동복 차림으로 바꿔 입었다.

때마침 문밖 복도 쪽에서 다나 샤론이 교도들과 대화를 나누고 있는 소리가 들렸다.

밖에 대고 외쳤다.

"리차드 청. 그의 노트북과 함께."

잠시 뒤, 리차드 청이 노트북을 들고 서재로 들어왔다.

"모함을 수색하신 일은 어떻게 되셨습니까."

"다음에. 그보다 먼저 부탁할 일이 있다. 그놈의 사진을 프린트해 줘."

"그놈이라 하시면……."

"내가 '악연 중에 악연'이라고 말했던 자를 기억하겠지?"

"모하메드 알 힐리드, 브루스 콜린. 그들과 함께 달의 뒷면 화상 회담에 참석한 자를 말씀하시는 것입니까?"

"맞아. 우리는 그자의 이름도 정체도 모르지."

리차드 청이 노트북을 켰다.

"이자 말씀이시지요?"

그렇게 말하며 노트북 모니터를 내 쪽으로 돌렸다. 모니터 전면으로 옥제황월과 꼭 닮은 자의 사진이 크게 확대되어 있었다.

이쪽 세상의 흑웅혈마가 있듯, 이쪽 세상의 옥제황월이
다.

모니터 안으로 자조(自嘲)의 빛을 띠고 있는 내 얼굴 또
한 보였다.

이쪽 세상에서도 저쪽 세상에서도 이제는 또 다른 이계
를 넘어서까지 옥제황월을 쫓고 있는 꼴이 아닌가.

도대체 놈과는 무슨 악연이 이리도 지독하게 질긴 것일
까.

"옆모습 말고 정면으로 찍힌 사진은 없나?"

내가 말했다.

"이 사진이 유일합니다."

"우리에게 몽타주 프로그램이 있던가?"

"없습니다만 필요하시다면."

리차드 청이 허공에 대고 노트북 키보드를 치는 시늉을
했다.

내가 고개를 끄덕이자, 리차드 청이 노트북을 무릎 위로
올렸다. 그가 피아노 연주가처럼 변했다. 타자치는 소리와
마우스 버튼 누르는 소리가 일종의 리듬처럼 들렸다.

몇 분 후, 다시 책상 위에 올려진 노트북 모니터 안으로
FTP 프로그램을 통해 다운로드 되고 있는 파일명들이 보

였다.

프로그램 설치까지 그렇게 오래 걸리지 않았다.

리차드 청이 사진을 기반으로 몽타주를 만들겠다고 말했으나 그럴 필요가 없었다.

왼쪽 측면이 부각된 사진보다는 내 기억을 기반으로 하는 것이 실제에 더 가까운 몽타주를 만들 수 있기 때문이었다.

그렇게 만들어진 몽타주는 초상화만큼이나 100% 흡사하게 나오지는 않았지만, 그래도 놈을 특정하기에는 충분한 퀄리티가 나왔다.

"어디에 쓰시는 것입니까?"

내 주문대로 사진과 몽타주를 각각 열 개씩을 프린트해온 리차드 청이 신중히 물었다.

나는 대답하지 않고 그저 고맙다고만 말했다. 리차드 청이 방에서 나가길 기다렸다가, 운동복 차림 그대로 다시 흑천마검을 꺼내 쥐었다.

쏴악!

한순간에 작은 서재에서 드넓은 설원으로 장소가 바뀌었다.

차라리 잘 되었다.

이쪽에서 놈을 처리한다면 본래 계획대로 정사대전을 미룰 수도 있는 일이었다.

프린트한 사진들과 몽타주들을 바라보다가, 잘 접어서 허리 뒤춤에 끼워 넣었다. 이것들을 가지고 갈 곳으로 일단 떠오르는 곳은 두 곳이다.

첫 번째는 정보 조직, 어느 수준의 문명을 이룬 세상이라면 반드시 존재할 수밖에 없다.

두 번째는 사교계, 높은 신분들이 그들의 이익관계에 따라 자연히 모여드는 무대가 있을 것이다.

생각을 마친 나는 물소리를 쫓아 무작정 남쪽으로 달렸다.

초상비와 답설무흔(踏雪無痕)이 달리 있는 게 아니다. 상승의 경신법에 자연히 따라오는 경지로, 달리는 내 뒤로 발자국이 남지 않았다.

그런데 거대한 발자국이 어느 순간부터 나타나기 시작했다. 설원 위에 또렷이 박혀있다.

발가락 다섯 개에 이족 보행.

발자국에서 5미터가 넘는 거대한 거인의 모습이 연상됐다.

그 거인은 키를 제외하고는 상상했던 것과는 모습이 크

게 달랐다.

괴물의 것이 분명한 흉측한 얼굴 두 개가 거대한 몸 위에 공존해 있고, 우리네의 전설 속의 설인처럼 수북한 털을 달고 있었다.

우리는 살짝 설 얼은 강가 인근에서 마주쳤다.

영화 속에서나 존재할 법한 거대한 생명체를 눈앞에 두는 순간, 비로소 이계에 왔음을 실감했다.

나는 괴물을 무시하고 강 아래쪽으로 방향을 틀었다.

괴물이 도망치는 아이를 앞에 둔 개처럼, 즉각적으로 반응했다.

나를 쫓아온다.

쿵! 쿵!

지면이 울렸다.

내가 감탄한 것은 지축을 울리는 소리 따위가 아니었다. 그것이 제 키보다 큰 침엽수를 한 손으로 뿌리째 뽑아 나를 향해 던졌는데, 얼마나 큰 대력(大力)이 담겨져 있었는지 포탄 같은 속도로 날아오는 것이었다.

물론 날아오는 침엽수를 피하고 괴물을 죽이는 건 쉬워 보였다.

하지만 그건 어디까지나 내게 국한된 이야기이지, 무림 고수들이라 해도 괴물을 당해 낼 수 없을 것만 같았다.

괴물은 제 속도로 나를 따라 잡을 수 없다는 판단을 할
정도의 지능을 가지고 있었다. 그래서 침엽수들을 사정없
이 뽑아 무작정 던지기 시작했고, 힘도 힘이거니와 정확성
이 실로 놀라웠다.

나는 괴물의 그 힘이 어디에서 오는지 깨닫고 다시 한
번 놀랐다.

괴물이 대력을 뿜어낼 때, 괴물의 몸에서 기운이 느껴졌
다.

이계에서 처음 마주친 생물을 죽이고 싶지 않았지만 마
음을 바꿔 먹었다. 신기전(神機箭)처럼 쉴 새 없이 날아오
는 침엽수들을 밟고 밟으며, 괴물의 머리맡까지 도착했다.

천근추의 수법.

십성의 공력.

양발로 정확히 괴물의 두 정수리를 찍어 내렸다.

괴물이 괴물다운 비명과 함께 앞으로 고꾸라 넘어졌다.

찍어 내렸을 때 느꼈다.

괴물의 피부가 돌처럼 단단하다. 한 손끝에 공력을 모으
고 괴물의 등에 쑤셔 넣었다.

그렇게 괴물의 심장에 달라붙어 있던 단단한 내장을 떼
어냈다.

대자연의 기운을 머금고 있지만 내단은 아니다.

돌에 가깝다.

야명주와 흡사한 기석(奇石)이 내 손아귀에서 푸른빛을 흘리고 있었다.

$$* \qquad * \qquad *$$

세 번쯤 호흡을 내쉬었을 때, 기석에서 느껴지던 기운이 사라졌다. 그러나 발광하던 은은한 빛은 여전히 남아있었다.

나는 그것을 주머니에 넣고 강물을 따라 계속 내려갔다.

괴물들로 이루어진 군집과 마주쳤을 때에는, 속도를 더 끊어 올리는 한편 허공으로 솟구쳐서 상대하지 않고 지나쳤다.

이계의 괴물 사냥에는 취미가 없었다.

지대가 차차 낮아졌다.

물줄기에 더 이상 얼음이 끼지 않을 무렵 석벽을 발견했다.

좌우로 시선이 닿지 않는 먼 곳까지 끝없이 이어진 장대한 석벽이었다. 또한 고개를 완전히 젖혀야만 상층부가 보일 정도로 높기까지 했다.

인간을 막기 위한 것이 아니다. 그 괴물들을 위한 것이다.

그러면서 드는 또 한 가지 물음은, 과연 이 석벽들로 거대한 괴물들의 남하(南下)를 막을 수 있겠냐는 것이다.

고개를 가로 저었다. 쓸데없는 생각을 지우며 하늘을 향해 치솟아 올랐다.

석벽 상층부 높이 이상으로 떠오르자, 석벽 상층부에 있던 초소가 보였다.

모피(毛皮)를 뒤집어 쓴 사내 둘이 있다. 둘이 초소 앞 의자에 앉아 있다가 나와 눈이 마주쳤다. 둘이 나를 귀신 보듯 했다.

둘 앞으로 가볍게 내려섰다.

그제야 정신을 차린 둘이 시끄럽게 떠들어대는데, 그 말을 알아들을 수가 없었다.

미간의 할라를 중심으로 원기를 회전시켰다.

세 번째 눈이 떠졌다.

비로소 둘의 음성을 통해 의념이 흘러 들어오기 시작했다.

"너도 보고 있지? 나에게만 보이는 게 아니지?"

"당, 당신. 뭐야. 칼! 칼! 뭐하고 있어. 내가 붙잡고 있을게! 칼, 정신 안차려? 빨리 알람을. 알람! 알람! 알람 이 새끼야!"

턱수염이 수북하게 기른 사내가 동료를 밀어 붙이며 외쳤다.

동료가 초소를 향해 허겁지겁 뛰어갔다.

그러나 내가 튕긴 탄지가 한 박자 더 빨랐다.

그의 목뒤 천주혈(天柱穴)에 정확히 부딪치면서, 그의 육중한 몸이 바닥으로 넘겨졌다.

바닥에 쓰러져서 움직이지 않는 그의 동료를 본 턱수염 사내가 악에 받쳐 소리쳤다.

"칼을 죽였어!"

그러면서 내게 달려들었다.

그는 빈손이었다.

아마도 무장하고 있어야 할 장궁은 초소 옆에 비스듬히 놓여있었고, 검집이 달려있던 허리띠도 그 근처에 볼 수 있었다.

몸을 틀었다.

분노가 가득 담긴 사내의 주먹은 본래 내 턱이 위치해있던 공간을 찔렀다.

깔끔한 스트레이트!

많은 수련을 통해 체득하고 있지 않고서야 나올 수 없는 동작이다.

그가 허리를 회전시키며 오른발을 내 얼굴까지 차올렸

다. 그것이 허공을 가를 때, 나는 칼이라고 불리는 녀석의 앞에 있었다.

점혈을 풀어주자, 녀석은 벌떡 일어나서 턱수염 사내에게로 뛰어갔다.

그리 아둔한 녀석은 아니었다.

녀석이 도망치듯 달려가는 길에 검집 달린 허리띠도 낚아채 턱수염 사내에게 던졌다. 턱수염 사내가 검을 뽑아들고, 녀석은 마찬가지로 줍고 도망친 장궁 시위에 화살을 먹였다.

둘의 눈빛이 달라졌다.

둘이 힘을 합쳐서 본격적으로 나를 상대하려는 게 느껴졌다.

그러나 내 손짓 한 번에, 그들이 쥐고 있던 장검과 활이 주인의 손아귀에서 뛰쳐나와 내 발 아래로 떨어졌다.

턱수염 사내는 허망하게, 칼이라 불린 녀석은 경악으로 가득 찬 눈으로 나를 쳐다보았다.

― 죽이지 않겠다.

둘의 머릿속으로 의념을 밀어 넣었다.

― 하지만 더 이상 내게 대항한다면, 너희들을 죽일 것이다.

둘은 여전히 똑같았다.

턱수염 사내는 머리카락을 쥐어뜯듯 움켜잡았다. 칼 이란 녀석은 두 귀를 막고 고개를 흔드는 중이었다.

— 몇 가질 물을 것이다. 답을 듣고 나면 나는 조용히 떠나지.

처음 마주한 순간부터 칼이란 녀석보다는 턱수염 사내 쪽이 의기가 상당했다.

녀석이 아무런 말도 하지 못하고 있을 때, 턱수염 사내가 내 얼굴을 살피며 고개를 끄덕이며 알겠다고 대답했다.

허리춤에 끼워놨던 프린트를 끄집어냈다.

측면 사진 한 장, 정면 몽타주 한 장.

그렇게 종이 두 장이 턱수염 사내 앞으로 느릿하게 날아갔다.

턱수염 사내가 보기 좋은 눈높이에서 세로로 멈췄다.

— 그림 속의 인물을 봐라.

턱수염 사내는 물론이거니와 칼이란 녀석도 사진과 몽타주에서 시선을 뗄 줄 몰랐다.

그래도 둘 모두 미술에는 크게 소양이 없었는지, 세밀한 화법(畫法)에 대해서 물어오는 이가 없었다.

— 이자가 어디 사람 같으냐?

두 사내와 옥제황월이 같은 인종이 아닌 데에서 착안한 질문이었다.

두 사내가 서부 유럽, 그러니까 켈트와 게르만에 가까운 외모를 가지고 있다.

반면에 옥제황월은 한족의 외모를 기본으로 두되 눈썹 아래로 두 눈이 가까이 붙어서 움푹 들어갔고 오똑한 콧날과 같은 서구적인 구석을 합친 외모를 지니고 있었다.

"성(星) 마루스."

콧수염 사내가 짧게 대답했다.

"당신도 거기에서 왔지 않습니까……."

칼이라 불린 녀석이 흐릿하게 말했다.

어쩌면 둘의 시선에서는 옥제황월과 내가 같은 인종으로 보일지도 몰랐다.

— 성 마루스는 어디에 있느냐.

두 사내는 서로 눈빛을 교환한 후, 내 어깨 너머를 가리켰다.

정확히는 내 뒤쪽의 하늘이었다.

그들이 가리킨 방향을 따라 자연스럽게 내 고개도 돌아갔다.

어느새 하늘은 조금 어둑어둑해져 있었다.

그런데 지평선 너머 위로 모습을 드러낸 달이 범상치 않다.

사실 그건 달이라고 할 수 없었다.

태양에서 반사되는 빛들 때문에 얼핏 보면 거대한 달처럼 보이지만 사실은 전혀 다르다.

크기도 달보다 네 배 이상 컸고, 푸른색과 흰색이 혼합된 둥근 오팔 같은 모습이었다.

달이 아니다. 저건 지구와 흡사한 행성이다!

달에서 지구를 본 모습이 저러할까?

해머에 뒤통수가 가격당한 충격 이상의 놀라움이 내 눈을 주먹만큼 크게 떠지게 만들었다.

— 저기가 성 마루스?

내가 묻자 두 사내가 그렇다고 대답했다.

어쩐지 크크큭거리고 있을 흑천마검의 웃음소리가 들리는 듯 했다.

나는 순간적으로 지끈거려오는 이마를 손으로 덮으며 입을 열었다.

— 저기엔 어떻게 갈수 있느냐. 그리고……

             *   *   *

"이 몸의 힘이 필요 없다고 말한 게 언제였는지 벌써 잊은 모양이지? 크크큭."

역시나 흑천마검이 기분 나쁜 미소를 입가에 걸치며 나

타났다.

"입씨름하고 싶지 않다. 다시 문을 열어. 저쪽으로 건너가겠다."

"이 몸이 왜 그래야 하지?"

"역시, 위대하신 반신께서는 실수를 인정하는 법이 없지."

"실수? 크크큭. 여긴 같은 끈으로 묶인 동일한 차원 안이다."

녀석이 오팔 같은 모습으로 영롱히 떠있는 행성을 지그시 올려다봤다.

그 얼굴이 몹시 즐겁다.

"내가 모를 것 같아?"

녀석과 합일하면 할수록, 녀석에게 조금씩 의지가 넘어가는 대신 녀석의 비밀을 하나씩 알 수 있었다.

그중 하나를 언급했다.

"네 녀석은 내게 속박되어 있지. 내가 무엇을 할 수 있는지 모르는 것 같은가? 천만에. 이런 식으로 비협조적으로 나온다면 식사를 허락하지 않을 수밖에."

그러나 녀석은 넘어오지 않았다.

"이 몸이야말로 뭘 할 수 있는지 잊지 말아라. 애송이. 크크크. 한숨 자고 일어나지. 그동안 애송이 넌, 그 계집을 내 앞에 대령해 놓거라."

녀석이 조금도 반응하지 않고 다시 검의 형상으로 돌아갔다.

녀석은 현대 세상에서 핵에너지를 취했을 뿐만 아니라, 수없이 반복된 시간 속에서 무수히 많은 이프리트와 살라딘들의 마신들을 집어삼켰다. 배가 부를 대로 부른 상태다.

가만히 생각해 보면 폭식도 그런 폭식이 없었다.

녀석이 관에 들어가는 드라큘라처럼 내 손에 쥐어져있던 빈 검집 안으로 스스로 들어가 버렸다. 그리고는 몇 번을 불러도 대답이 없다.

내가 슈퍼맨에 필적하는 능력을 지녔다면 우주공간을 날아서 넘어가겠지만, 안타깝게도 내 능력으로는 산과 산을 넘나들을 수 있는 게 전부다.

그런 생각까지 들자 짧은 웃음이 터져 나왔다.

피식하는 짧은 웃음.

그리고 언제 그랬냐는 듯이 삭막한 한기가 얼굴 위로 내려앉았다.

"성간(星間) 이동이라⋯⋯."

얼굴을 찌푸리며 고개를 들었다.

성 마루스의 영롱한 모습이 두 눈에 담겼다.

성간 이동?

장벽 사내들이 말하길, 이라스 왕국의 마법사들이 만든 게이트들이 우주를 건너는 가장 안전한 방법이라고 하였다.

그들의 설명을 들으면서 몇 가지 흥미로운 점들을 알 수 있었다.

이 세계는 우주의 개념이 현대 세상과 비슷하게 정립되어 있다.

문명 수준이 중원이나 우리네 중세와 크게 다르지 않았다.

그리고…….

'그 마법'이 실존하고 있다.

옥제황월이 순간 이동을 하고 나를 따라와 차원을 넘었을 때만 해도 마법이라고 생각하지 않고 이계의 이능력 정도로만 생각했던 이유는, 현대 세상에서도 드라마와 영화 그리고 게임 등 수많은 콘텐츠를 통해 마법을 다루고 있었기 때문이다.

마법의 단계를 서클로 나뉘고, 심장을 감싸는 고리의 개수에 따라 마법사의 능력이 좌우된다.

현대 세상에서 다루고 있는 '그 상상속의 마법' 그대로

가 실존하고 있는 다른 세상이 존재하고 있을 거라고는 생각하지 않았다.

그러나 옥제황월의 세상은 그렇게 생각했던 나를 당당하게 비웃고 있었다.

"새삼…… 놀랄 것도 없지."

그렇게 중얼거리며 하늘에서 시선을 거둬들였다.

이제 선택해야 할 때다.

남느냐, 돌아가느냐!

남는다면 적지 않은 시간을 염두에 둬야 한다.

가까운 게이트까지가 말을 탔을 때 오십 일 거리다.

성 마루스로 건너가서도 정보 조직과 사교계에 놈의 사진을 뿌리고 내 나름대로 시간을 앞당길 방법을 강구하겠지만, 결국 놈을 찾을 때까지 얼마나 걸리지 모르는 일이다.

돌아간다면 옥제황월이 다시 돌아오기를 기대하며 이계로 넘어갔던 바로 그 장소, 황금장의 침소 안에 덫을 깔아놓을 것이다.

혼심사문도로 하여금 쉽게 파훼하기 힘든 절진을 세우고, 그곳을 감시할 인원을 심어둔다. 그리고 놈이 나타나면 내가 직접 놈의 목을 베는 것이다.

"선택해. 정."

흑천마검과 행성 마루스를 번갈아 쳐다보며 스스로에게
뇌까렸다.

제7장

광명본교(光明本敎)

    새끼손톱보다도 조그마했던 한 점이 인형(人形)을 갖추
는 건 순식간이었다.

    굉장한 경공술로 내 앞에 착지한 두 용호(龍虎)가 포권
했다.

    "교주님!"

    둘에게서 심후한 공력이 자연스럽게 흘러나왔다.

    그렇지 않아도 절정의 경지에 이르렀던 두 고수에게 삼
영회연대진은 반 갑자에 육박하는 공력을 선사한 것이었
다. 진작에 이랬어야 했다.

    눈앞에 이른 기대 이상의 결과를 보니 오래간만에 기쁜

마음이 들었다.

"몰라보게 변했군."

내가 말하자, 흑웅혈마와 색목도왕이 겸연쩍은 얼굴로 전부 내 덕분이라고 대답했다.

"어디 그게 본 교주의 덕분이겠느냐. 본교 백 년의 공(功)이 그대들에게 들어간 만큼, 앞으로 그대들의 책임이 더 무거워졌음이다. 내가 보낸 전갈을 받아보았느냐?"

"예."

전갈에 어떠한 내용이 담겨있는지 아는 둘이었다. 전갑을 언급하는 순간, 둘의 표정이 그 어느 때보다 진중하게 변했다.

"그대들도 알다시피 암살은 실패했다."

내가 말했다.

"한 팔이 잘린 채로 사라졌다 들었습니다. 대상이 옥제였던 만큼, 실패라 할 수 없습니다."

흑웅혈마가 말했고.

"운이 좋아 살아난다 할지라도 이제 외팔이 불구가 아닙니까."

색목도왕도 한마디 거들었다.

평소의 색목도왕이라면 오랜만에 보는 나를 향해 사람 좋은 미소를 한 번쯤 보여줄 법도 한데 전혀 그런 모습을 보이지 않았다.

모두, 내가 도착하기 앞서 보냈던 전갈 때문이다.

"설아는?"

"가는 길에 설아에게 들렀다 가시겠습니까?"

"아니다."

설아에게 문제없다는 것을 확인한 것만으로도 되었다.

설아와 핑크빛 한때를 보내는 것보다도, 그녀를 위해서, 본교의 교도들을 위해서 더 긴급하게 진행해야 할 일이 있지 않았던가!

"바로 지존천실로 가지."

하늘을 날듯이 풀쩍 풀쩍 뛰었다.

우리들의 발밑으로 교언을 외치는 교도들의 외침 소리가 쩌렁쩌렁 울렸다.

하늘 아니 정확히 우리를 향해 절을 하는 교도들의 모습이 빠르게 시선 뒤로 넘어갔다.

스쳐 지나가면서 느낀 본교의 분위기는 위화감이 느껴질 정도로 날카롭게 칼이 서 있었다.

합! 하아압!

지금 본산과 십시 전체에 메아리치고 있는 이 소리들은 단순히 개인 수련을 하는 소리가 아니다.

수백의 소리가 하나로 일체되어 일순간에 하늘을 찌른

다.

그런 기합소리가 어디에서나 들린다.

무림인으로서가 아니라 한 명의 병사로써, 붉은색 귀갑(鬼鉀)과 방패를 들고 일사불란하게 움직이는 모습들을 많은 곳에서 자주 볼 수 있었다.

"교주님을 뵈옵니다!"

지존천실 내의 아리따운 시녀들이 하던 일을 멈추고 급히 엎드렸다.

우리는 장포를 휘날리며 다 같이 집무실 안으로 들어갔다.

가장 먼저 눈에 들어오는 것은 탁상 위로 가득 쌓여 있는 양피지들이었다.

모두 금실로 묶여 있는 그것은 절정 고수이면서도 현대 세상의 샐러리맨 못지않게 일 중독자인 흑웅혈마의 작품이 분명했다.

흑웅혈마가 품 안에서 책자 하나를 꺼내 내 앞으로 내밀었다.

그것을 받아 들어 내용을 확인해 보았으나, 어떤 이름도 적혀 있지 않았다.

"본 교주가 없는 사이, 그대들이 잘 처리하고 있었던 모양이군. 허나 내게 돌려줄 것 없다. 항상 간직하고 있다가, 언제든 필요할 때 이름을 적어 두면 본 교주가 처리하지."

나는 그렇게 말하며 빈 책자를 다시 흑웅혈마에게 건넸다.

"흑웅혈마."

내가 그의 이름을 나지막하게 읊조리자, 그가 산처럼 쌓인 양피지 중 하나를 꺼내 펼쳤다.

양피지 안에 가득 찬 글자들은 하나같이 똑같은 크기였으나 유독 한 눈에 바로 들어오는 글자가 있었으니, 바로 '사(死)'였다.

"서역의 황제가 죽었군."

"예."

흑웅혈마가 짧게 대답했다.

칼리프가 죽었다.

잘 죽었다.

그 생각이 제일 먼저 들었다.

내가 자리를 비운 사이, 칼리프는 매일같이 흑웅혈마에게 심문을 당했다. 그러다 결국 내가 도착하기 며칠 전에 목숨을 잃고 말았다.

내가 보고 있는 기록서는 그가 죽은 당일에 기록된 것으로, 그 전의 기록서들은 지금 내 앞으로 흑웅혈마의 손을 거쳐 선별되고 있었다.

기록서에는 그날그날 어떻게 고문하였고, 그때 칼리프가 어떤 언행을 하였는지가 하나도 빠짐없이 적혀 있다.

그 상세함이 현대 세상의 재판 서기가 기록한 것만큼이나 세밀했다.

"색목도왕."

"서역에서는 아직까지 별다른 움직임을 보이지 않고 있습니다."

색목도왕은 그렇게 대답하며, 일전에 소륵국으로 보낸 흑야풍과 산화혈녀로부터 서역의 움직임을 주기적으로 보고받고 있다고 첨언했다.

"소륵국은 어떠하더냐?"

소륵국의 내전 상황에 대해 물었다.

"본교에서 지원하는 호배타 왕자 측의 세력이 날로 강성해지고 있습니다. 내전은 조만간 종식될 것으로 보이며, 그들이 약조를 지켜 본교를 국교로 삼을지는 두고 볼 일입니다."

"흥! 본교와의 약조를 지키지 않으면 어떻게 될지는 그들도 잘 알 터!"

색목도왕의 보고에 흑웅혈마가 눈에 쌍심지를 키며 으르렁거렸다.

하지만 색목도왕의 보고와는 달리 훗날, 내전을 종식시키는 측은 왕자 쪽이 아니라 왕자의 외삼촌이자 대장군인 카라코람 쪽이다.

산화혈녀가 거짓 보고를 하고 있거나 혹은 내전 후반에 대장군 측에서 전세를 역전시켰을 테지.

소륵국은 이제 본교에게 중요한 나라가 되었다.

이전까지만 해도 본교와 정마교 사이에 있는 작은 나라에 불과했으나 지금은 아니다.

이슬람 제국의 군대가 본교의 교지인 붉은 사막으로 들어오기 위해서 반드시 거쳐야만 하는 관문이 바로, 소륵국이다.

역으로 말해 소륵국은 서쪽 끝에서 본교의 감시병이 되어야만 한다.

"산화혈녀에게 본 교주의 밀명(密命)을 보내라."

"옛."

"조만간 정마교가 소륵국 대장군에게 보내고 있던 지원을 그칠 수 있음이다. 이를 잘 지켜보다가 본 교주가 생각하는 대로 정세가 흘러간다면, 흑야풍과 산화혈녀는 왕자가 아니라 대장군을 지원하라. 가능하다면 산화혈녀는 왕후(王后)의 자리를 노려 소륵국이 본교를 국교로 삼게끔 해야 할 것이다."

가만히 놔두면 어차피 그렇게 진행될 미래다.

그러나 이렇게 내가 직접 지시를 내리는 것이, 본교의 영향력을 더욱 크게 행사할 수 방법이었다.

흑웅혈마와 직접적으로 명령을 받은 색목도왕은 잠깐 말이 없어졌다.

"할 말이 있거든 해 보거라."

흑웅혈마가 기다렸다는 듯이 입을 열었다.

"정마교에서 소륵국 내전에서 빠진다는 말씀이십니까."

"북천축의 상황도 심상치 않다. 작은 토끼보다는 큰 노루가 더욱 먹음직스럽게 보이겠지 않겠느냐."

"교주님의 혜안대로 북천축에서도 내전이 발발하고 정마교가 이에 관여한다면, 본교도 좌시하고 있어서는 아니 됩니다."

"북천축이야 불가와 브라만 그리고 서역에서 들어온 신들이 난립하고 있지 않느냐. 거기에 본교까지 가세하기보다는 바로 지척에 본교의 오랜 숙원(宿怨)이 남아있지 않느냐. 그대들도 알 터!"

아!

흑웅혈마의 색목도왕이 입을 다물며 새삼 놀랍다는 듯이 나를 쳐다보았다.

"조만간 일어날 북천축 내의 싸움에 본교는 관여하지 않을 테니, 정마교도 동방(東方)에서 일어나는 일에 관여하지 않게끔 해야 한다. 외당주로 하여금 직접, 정마교주에게 본 교주의 뜻을 전해라."

'동방에서 일어나는 일'이라는 대목에서 흑웅혈마와 색목도왕이 어깨를 떨었다.

"본 교주의 전갈을 받았다 하였지? 보고하라."

흑웅혈마가 먼저 입을 열었다.

"독아진류회, 전세지문, 영단. 일체 본교의 모든 눈과 귀를 무림맹주 옥제황월로 돌렸습니다. 무림맹 또한 사라진 맹주를 쫓는 데 혈안이 되어 있습니다. 삼 회주 백환명이 심어둔 자 중에 무림맹 안은 물론이거니와, 조사를 실질적으로 일임받은 백룡당의 일원도 있어 그쪽으로도 보고받고 있습니다."

"더 이상 옥제황월을 찾을 필요 없다. 놈에게 집중시켰던 힘을 반으로 쪼개, 대국 황궁과 구파일방으로 초점을 돌려라. 외당과 혈마군 쪽의 일은?"

이번에는 색목도왕이 대답할 차례였다.

"외당에 명하시는 일은 모두 완료되었습니다. 혈마군 또한 각 시(市), 모두 소집하여 지천무문의 관할 아래 훈련받고 있습니다."

"삼장로와 소마는 교주님의 명만을 기다리고 있었사옵니다."

흑웅혈마가 덧붙였다.

그의 말인즉, 내 명령이 떨어지는 즉각 그 둘이 혈마군을 이끌고 중원 쪽으로 동진(東晋)했을 거라는 말이었다.

그러나 내가 돌아왔다.

직접 최전선에서 진두지휘(陣頭指揮)하기 위해서!

"전대 교주들의 안배가 본 교주 대(代)에서 충분한 결실을 맺었다. 전대 교주들께선 무엇 때문에 혈마군을 양성하고 힘을 비축해 두었겠느냐."

쿵!

흑웅혈마와 색목도왕이 한쪽 무릎을 꿇고 고개를 조아렸다.

"대전(大戰)이옵니다. 광명(光明)이옵니다. 혈마는 위대하시다!"

흑웅혈마의 심후한 공력에 안광이 번뜩였다.

"광명본교(光明本教)!"

색목도왕의 눈에서 뻗치는 빛도 만만치 않았다.

"무림맹주 옥제황월이 큰 부상을 입고 잠적했다. 이때를 놓치겠느냐! 이장로 흑웅혈마. 삼장로 색목도왕."

"하명하시옵소서!"

두 장로가 동시에 대답했다.

"혈마군을 일으켜라!"

*   *   *

내가 어떤 선택을 하든, 옥제황월 그놈은 제 몸을 돌볼수 있을 정도의 충분한 시간을 벌었다.

암살은 실패했다.

그것을 인정해야만 했다.

이계에서 놈을 찾아낼 때나, 놈이 중원으로 돌아왔을때에는 놈이 완전히 회복된 상태라는 전제하에 선택해야했다.

남을 것이냐. 돌아갈 것이냐.

이계에 남는다면 아무리 오랜 시간이 걸린다 할지라도,수단과 방법을 가리지 않고 무조건 놈을 죽여야만 하고.

중원으로 돌아간다면 후환(後患)을 남겨두는 것 이상의가치를 얻어, 그 얻은 것으로 하여금 더 이상 놈이 중원에설 자리가 없게끔 만들어야만 했다.

고심에 고심.

수많은 시나리오들을 가정해 보고 그중에서 가장 합리적이다, 선택한 것이 바로 후자였다.

그 과정에서 그간 가져왔던 생각 중에서 상당 부분을 고쳐먹어야 했지만, 큰 결정을 한 이상 뒤를 돌아보지 않았다.

만일 놈이 다시 중원으로 돌아온다면, 이미 반(牛) 천하에 휘날리고 있는 본교의 붉은 깃발들을 볼 수밖에 없을 것이다.

돌아오지 않아도 좋다.

홈그라운드 정리하고, 본 교주가 직접 네놈 세계로 찾아가 주마.

*   *   *

무장한 두 교도가 혈마당으로 들어가는 문을 힘 있게 열었다.

정면 끝으로 세 계단 위에 교좌가 위치해 있었고, 그 옆으로 나란히 서 있는 흑응혈마와 색목도왕이 보였다.

교좌까지 일직선으로 뻗은 대리석길 좌측으로 사귀사마 팔단의 단주들이, 우측으로 오문오당의 주인들이 나열해 있다.

흑룡포를 휘날리며 그 앞들을 지나쳐갔다.

"교주님을 뵈옵니다!"

본교를 이끌어가는 거마 18인의 외침 소리가 장내를 뒤흔들어 놓았다.

전 시간대에서는 바그다드에서 대부분 목숨을 잃었던 자들이 지금 생생히 살아 내 앞에 있었다. 반갑구나. 모두들.

"지유본교. 천유본교. 천세만세. 마유혈교!"

당연하겠지만 내가 시간을 거슬러 왔다는 것을 아는 자가 없다. 그럼에도 불구하고 교좌에 오른 지 얼마 되지 않은 어린 교주를 향해 진심 어린 경의를 표하기 시작했다.

전 시간대에서처럼 흑웅혈마와 색목도왕이 주도한 것도 아니었다.

그간의 회합과는 분위기부터가 달랐다.

그럴 수밖에 없는 것이, 본산과 십시 곳곳에서 매일같이 우렁차게 들려오는 혈마군의 기합소리가 무엇을 의미하는지는 다들 잘 알고 있기 때문이었다.

이슬람 제국에 심판의 날이 있고 불가에 해탈의 순간이 있다.

그리고 본교에는 혈천하(血天下)가 있다.

본교가 선 이후로 한 번도 세상에 모습을 드러낸 적 없었던 그 혈마군이 이제, 내 대(代)에서 일어난다.

"대뇌마단주 삼뇌자. 대뇌귀단주 상청. 전세지문주 만

안."

셋이 대열에서 단상 아래로 빠져나왔다.

짝!

박수를 한 번 쳤다.

교도 여덟 명이 큰 탁상을 함께 들고 왔다.

탁상 위에는 천하 지도와 상징들을 담은 목함이 놓여
있었다.

만안은 본교로 들어오는 모든 정보를 총괄하는 정보조
직의 수장이다.

내가 명령을 내리자, 그가 볼록한 배 위로 가지런히 모
으고 있던 두 손을 움직였다.

몸집은 하마를 연상케 하지만 상징들을 움직이는 두 팔
만큼은 비마(飛馬)만큼이나 빨랐다.

그가 공격적인 전술을 사용하는 체스 마스터처럼, 모든
상징들을 순식간에 딱딱 옮긴 뒤에 두 손을 다시 배 위로
가지런히 모았다.

상징들은 모두 나무를 깎아 만들었다.

황군(皇軍)의 상징들에는 금색을 칠해 놓고 동방 무림의
상징들에는 흑색을 칠해 놓았으며, 본교의 상징들은 어김
없이 적색이 발라져 있다.

천하 지도 위로 가득 놓인 상징들.

즉, 당대 천하 군세(軍勢)가 우리 앞에 펼쳐졌다.

"전략은?"

"교주님의 명이 떨어지는 대로 하교들은⋯⋯."

흑웅혈마가 내 옆에서 입을 열며 대뇌마단주 삼뇌자에게 눈짓해 보였다.

삼뇌자가 얼굴을 가린 백발을 쓸어 넘기는 순간, 쭈글쭈글 노안 위로 서늘한 빛이 스쳐 지나갔다.

"삼존칠진(三存七進)."

그가 십시 위에 하나씩 놓여있던 혈마군 상징들을 움직이며 입을 열었다.

삼 할을 남기는 이유는 명백해 보였다.

"정마교 때문인가?"

"그러하옵니다."

전 시간대에서도 그러했다.

덕분에 정마교가 본교와의 밀약을 깨고 배신했을 때, 혈마군을 의식한 그들은 본교의 교지를 치는 대신 황군이 모인 사천으로 합류했었다.

"진군시킨 칠 할은 이(二) 군으로 나눠 이장로가 청해성으로, 삼장로가 감숙성으로 들어가 섬서성으로 나오고, 이 군이 사천에서 다시 합(合)해 호북으로 들어가는 것이 큰 그림이옵니다."

"적들의 대응이 어떠할 것 같으냐?"

"본교가 혈마군을 일으킨 이상, 대국 황제도 좌시하고 있지만은 않을 것이옵니다. 구파일방을 주축으로 한 동방 무림은……."

바로 이 부분에서 부터가 저번 전쟁 양상과 큰 차이점을 보인다.

상황이 역전됐다.

저번 전쟁에서는 본교에서 혈마군을 일으키기도 전에, 정사대전을 직감한 대국 황제가 십만이 넘는 황군을 이끌고 정사대전에 개입했다. 본교에서도 자연스럽게 혈마군을 일으켰다.

그렇게 무림인들만의 싸움이었던 정사대전이 나라 대 나라의 싸움으로 확전(擴戰)된 것이었다.

"황군의 개입? 소교(小敎)들도 알 법한 소리는 집어치워라. 그대는 대뇌마단주가 아니더냐. 동방 무림은 웬 말이냐. 다른 이들은 몰라도 그대가 그리 말해선 아니 되지 않느냐! 보아라. 본교의 혈마군이 감숙성과 청해성에 나타났을 때, 그제야 대국 황제가 놀라서 부랴부랴 군대를 꾸리겠지만!"

한 팔을 휘이 저었다.

휘잉.

순간적으로 뻗친 기풍에 모두의 머리카락과 장포들이 펄럭거릴 때, 십시 위에 놓여있던 혈마군의 상징이 섬서성과 사천성의 도읍인 서안과 성도로 옮겨졌다.

"대국 황제가 출진 준비를 마쳤을 때는 이미 반(半) 천하가 본교에게 넘어온 뒤일 것이다! 그대가 생각할 것은 그 뒤의 전술이다!"

장내가 웅성거렸다.

대놓고 난색(難色)을 짓지 못하고 있는 것일 뿐, 속으로는 고개를 갸웃거리고 있을 것이다.

지금껏 본교는 총 네 번의 정사대전을 겪은 적이 있다.

2대, 11대, 12대, 13대.

두 번의 승리. 한 번의 패배. 한 번의 보합.

오래전 그 옛날의 정사대전들 때문에 동방 무림에서는 본교를 과소평가하는 경향이 있다.

그러나 네 번의 정사대전 중에서 혈마군이 세상에 모습을 드러낸 적은 한 번도 없었다.

비로소 혈마군이 세상에 모습을 드러냈을 때 어떻게 되었던가!

반(半) 천하에 본교의 붉은 깃발이 휘날렸다.

황군이 먼저 휴전을 요청하고, 본교는 세외의 황량한 사막에 위치한 마두들의 한 방파에서 당당한 대국(大國)으로 거듭났다.

그러한 협상 자리에 동방 무림이 낄 자리는 애초부터 없었다.

"본 교주가 혈마의 이름으로 말하건대, 혈마군이 섬서성과 사천성을 점거하는 동안 동방 무림은 본교에 큰 위협이 되지 않을 것이다."

이들은 혈마군의 진정한 힘을 겪지 보지 못했으나, 나는 달랐다.

혈마군이 일어나면 어떻게 되는지 알고 있다.

다만, 혈마군이 일어났음에도 불구하고 그렇게 많은 희생을 치러야 했던 이유는 크게 세 가지다.

하나는 양측 모두 대전을 준비하고 있었다는 것이다.

죽산에서 설아가 죽은 그 직후, 나는 옥제황월과 철고산의 습격을 받았다.

그때 백골독갈장, 청룡마문 이룡형제, 혈자문 소문주의 도움으로 안전하게 호북에서 벗어날 수 있었지만, 혈자문 소문주는 그곳에서 죽었다.

또한 그러한 과정에서 철고산주도 죽고 아들인 홍염검이라는 녀석이 산의 주인이 되면서, 정사대전의 전운이 감돌기 시작했다.

본교와 삼살삼사의 혈자문 그리고 구파일방 중 하나가

된 철고산에서 정사대전을 언급하는 날들이 많아졌다. 결국 비밀리에 전쟁 준비를 마친 황군이 개입하면서부터 본격적으로 대전이 시작됐다.

즉, 본교와 사파 동도들도 그리고 황군과 동방 무림 모두 전쟁을 예감하고 충분한 준비를 마친 상태에서 꽝하고 부딪친 것이었다.

둘째는 나의 부재다.

옥제황월을 쫓다가 황군과 동방 무림의 고수들이 모인 곳까지 흘러가게 됐다.

옥제황월을 죽였지만, 계속된 정파 고수들의 공격으로 정신을 잃고 오랜 기간 본진과 떨어지게 된 적이 있었다.

나와 옥제황월이 죽었다는 소문이 전 중원이 가득할 때, 사천 각지에서는 크고 작은 전투들이 매일 같이 열렸고 그때마다 많은 교도들이 죽어 나갔다.

셋째는 정마교의 배신이다.

그들이 배신하기 전까지만 해도 본교가 압도적인 우세를 점하고 있었다.

그러나 본교가 동방의 반절을 집어삼키게 될 무렵 위기를 느끼게 되었고, 그래서 본교를 배신하고 황군의 편에 섰었다.

"본교가 사천과 섬서를 점거할 동안, 대국 황제는 군사

를 꾸리기만으로도 벅찰 것이며, 가뜩이나 구심점을 잃은
동방 무림은…… 크큭. 그대들 중에 이 사실을 아는 이는
두 장로와 촌각살단 뿐이겠군. 색목도왕."

색목도왕의 턱 주변으로 거칠게 난 짧은 금색 수염을
한 손으로 매만지면서 장중의 인물들을 하나하나 쳐다보
았다.

이윽고 그의 입에서 사자후와 같은 큰 소리가 터져 나
왔다.

"괴두(魁頭), 옥제황월이 잠적했다. 한 팔이 잘리고 가
슴이 뜯겨나갔으니, 사경을 헤매고 있을 것이다."

장소가 장소이니만큼 조용했다.

그러나 폭탄이 떨어진 것 같은 큰 충격이 모두의 얼굴
위로 고스란히 드러났다.

"옥제황월이 온전했을지라도, 혈마군을 막을 수 없으리
라. 대국 황제 또한 군사를 꾸리는 것만으로도 벅찰 것인
데, 하면 무엇이 본교에 위협이 되겠느냐?"

만안, 삼뇌자, 상청 셋 모두에게 물었다.

외당주 좌조천리의 의아한 시선이 느껴졌다. 그는 내가
정마교에게 북천축을 미끼로 어떠한 서신을 보냈는지 알
고 있는 인물 중에 하나였다.

"정마교이옵니다."

삼뇌자와 만안이 동시에 대답했다.

후에 정마교가 어떤 식으로 나올지 아는 나는, 교도들을 시험하지 않고서 바로 본론으로 넘어갔다.

"좌조천리!"

외당주 좌조천리가 앞으로 나왔다.

그가 내 눈빛을 받아 장중의 거마들에게 말했다.

"전지전능하신 교주님께서도 세 분이 생각하시는 것처럼 정마교가 지리적 상황 때문에 황군이 본교의 교지를 밟는 것을 좌시하지 않을 거라 하셨소! 허나 전지전능하신 교주님께서는 그것만으로는 부족하다 여기시어, 그들을 원천봉쇄할 계책을 본 당에 내셨으니 바로 호육(狐肉)의 계요!"

좌조천리가 말을 마치며 들어갔다.

"대뇌마단주 삼뇌자!"

내가 부르자.

"하명하시옵소서."

삼뇌자가 대답했다.

"그대는 대뇌마단 전부와 함께 북천축으로 가라. 가서 혼란스러운 북천축의 정국에 기름을 부어 왕가의 싸움을 앞당겨야 할 것이다. 북천축에서 내전이 일어나면 정마교가 정국에 개입할 것이나, 본교는 그렇지 않기로 하였다.

무엇을 뜻하는지 알 터! 그대가 내전을 앞당기면 앞당길수록, 본교가 배후를 걱정할 일이 줄어들고 진군할 수 있으니! 그대의 임무가 참으로 막중하다."

"명을 받잡겠사옵니다."

삼뇌자와 나머지 둘도 본래 그들의 자리로 돌아갔다.

"흑웅혈마! 색목도왕!"

두 혈마장로의 이름이 내 입에서 터지는 순간, 내 옆에서 바람이 일어났다.

어느새 내 앞으로 무릎을 꿇고 있는 둘이 보였다.

"그대들이 세웠던 전술대로 혈마군을 둘로 나눠, 그대들이 하나씩을 맡는다. 상제도, 석가도, 염라도, 그대들이 이끄는 혈마군을 막지 못할 것이다!"

자리에서 일어났다.

내 몸짓에 따라 모두의 시선도 똑같이 따라 움직였다.

"대행혈단과 촌각살단은 본 교주와 함께 혈마군보다 한 발 앞서 나간다. 본 교주가 직접 혈마군의 앞길에 걸리적거리는 것들을 치워낼 것이다."

단상에서 내려왔다.

거마들을 지나치며 정문으로 뚜벅뚜벅 걸어가자 대기하고 있던 교도 둘이 문을 밀었다.

문틈이 서서히 벌려진다.

사막의 강렬한 햇빛이 대리석 길로 쭉 뻗다가, 일순간에 장내 전체를 환하게 번졌다.

문턱을 넘기 전 잠깐 뒤를 돌아보았다.

20인의 거마들이 허리 굽힌 밀랍인형처럼 미동 없이 그대로 있었다.

그리고 그들의 다리를 따라 이어진 거대한 그림자가 벽면을 가득 채우고 있었다.

한없이 조용하고 어떤 움직임도 없지만, 느껴진다.

거대한 그림자만큼이나 크게 일어난 그녀들의 열망이……

*   *   *

비단으로 짠 침의(寢衣)를 입은 늙은이가 양팔에 하나씩 어린 계집들을 껴안고, 세상모를 깊은 잠에 빠져 들어있다.

술도 거하게 했거니와 교합(交合)도 요란하게 치른 모양이다. 술 냄새와 밤꽃 냄새가 뒤섞인 불쾌한 냄새가 방안에 자욱하다.

칠흑 같은 어둠 속에서 스윽, 하고 날카로운 금속 두 개가 모습을 드러냈다. 등잔 불빛을 받은 그것은 매우 조용하게 어린 계집들의 목으로 향했다.

두 살귀(殺鬼)가 어린 계집의 목을 베기 전에 잠깐 나를 돌아보았다.

나는 고개를 저었다.

두 살귀는 어쩔 수 없이, 비수를 계집들의 목에 꽂는 대신 집게손가락으로 어린 계집의 목에 있는 혈을 짚었다.

두 계집의 눈이 번쩍 떠졌다.

그러나 몸을 움직이지는 못하고, 공포에 질린 눈동자만 데굴데굴 굴렸다.

살려주세요. 제발.

두 계집이 눈으로 애원해 왔다.

그때 늙은이가 몸을 뒤척였다.

"누!"

늙은이의 말이 채 끝나기도 전에 어둠 속에서 앙상한 손아귀 하나와 차가운 금속 날이 불쑥 튀어나왔다.

"읍! 읍!"

손아귀는 늙은 입을 틀어막았고, 비수는 그대로 찔러버릴 것 같이 나타나더니 늙은이의 각막 바로 앞에서 딱 멈춰 섰다.

살귀가 집게손가락을 입술에 대 쉬잇, 하고 작은 소리를 냈다.

늙은이는 한 성의 주인답게 눈치가 없지 않았다.

늙은이가 고개를 끄덕였고, 살귀는 늙은이의 입을 틀어막았던 손을 천천히 내렸다.

"하늘도 놀랄 신묘한 재주를 가진 이들이로다. 밤손님은 실로 오래간만이군."

이런 상황에서 어떻게 처세해야 하는지 아는 이였다. 늙은이가 쭈글쭈글한 입술 사이로 뱉은 목소리는 귀를 기울여야만 들을 수 있을 만큼 작았다.

그러면서 또 그는 점혈된 것도 아니면서 비수 때문에 눈을 질끈 감은 이후로 다시 눈을 뜨고 있지 않았다.

그의 차분한 얼굴이 이런 위기쯤이야 수없이 넘어온 바 있다고 말하고 있었다.

"너희들을 보낸 자가 노부의 목숨 값이 얼마라 하였느냐."

"……."

"노부가 누구인지는 아느냐?"

"청해성주 진산왕. 관인과 지도를 어디에 두었지?"

"뭐?"

그제야 우리가 정적(政敵)이 보낸 암살자가 아님을 눈치챈 늙은이였다.

늙은이, 아니 청해성주 진산왕이 눈을 번쩍 떴다. 그리

고는 우리 셋 중 누구도 복면을 쓰지 않았다는 것을 알게
됐다.

"무림이 어찌 천자의 신하를 해하려 드는 것이냐."

일말의 희망이라도 남겨두려는 것인지, 그러면서도 진
산왕은 소리를 높이지 않았다.

"관인과 지도."

살귀 하나가 진산왕의 귀에 대고 속삭였다.

그때 문밖으로 사람들이 몰려오는 인기척이 났다. 문에
발라진 얇은 종이 위로 무장한 사내들의 그림자들이 비췄
다. 한 손에 쥔 긴 검을 늘어뜨린 여러 명이 침소를 향해
빠르게 다가오고 있었다.

너희들은 실패하였어.

찰나의 순간, 회심의 미소가 진산왕의 얼굴 위를 스치
고 지나갔다.

진산왕이 다시 얼굴을 싸늘하게 굳히며 말했다.

"죽이지 않으마. 노부가 너희들의 재주를 높게 써 주겠
다."

드르륵. 쾅!

문이 거침없이 열렸다.

검의 뾰족한 끝에서 핏방울을 뚝뚝 떨어트리며 안으로
들어왔다.

진산왕의 고개가 아래서 위로 천천히 들려졌다.

난입자의 외양을 확인한 진산왕은 총에 맞은 사람처럼 눈을 부릅뜬 채 굳어버렸다. 그의 얼굴이 새파랗게 질렸다.

이어서 여러 명이 한 번에 들어왔다.

그들의 한 손에는 어김없이 투구를 쓴 수급들이 들려 있었다.

"노부는 천자의 신하다! 노부를 해하면 너희 무림이 어찌 되는지를 정녕 모르는 것이더냐!"

드디어 진산왕이 처음으로 목청을 높였다.

죽음을 직감한 마지막 발악이라고 할 수 있었다.

"성주. 우리가 누구인지 아직도 모르겠느냐."

내가 말했다.

"교주님. 관인. 지도. 모두 찾았습니다."

진산왕이 핏발 선 눈으로 나를 노려보던 그때, 등 뒤로 한 음성이 무겁게 와 닿았다.

그제야 진산왕은 다시금 놀란 얼굴이 되어서 미친 사람처럼 소리를 질렀다.

"혈마교오오오오!"

나는 진산왕을 붙들고 있는 살귀에게 고개를 끄덕여 보였다.

푸욱!

진산왕의 성대 앞으로 짧은 칼끝이 튀어나왔다.

청해성주 진산왕 살(殺).

청해성의 도읍인 심양은 오밤중에 난리가 났다. 호각소
리가 곤히 잠들었던 주민들을 깨우는 그 시각, 횃불을 든
병사들이 요란하게 뛰어다녔다.

우리는 고지대에서 그 광경을 가만히 지켜보고 있었다.

내가 뒤쪽을 향해 손목을 까닥이자, 내 뒤에 서 있던 살
귀들이 앞으로 모여들었다.

사막에서 이끌고 나왔던 사십(四十) 인을 넷으로 쪼갰기
때문에, 지금 나와 함께 하고 있는 이들은 대행혈마단원
열이었다.

"흑위, 요랑. 막구구."

내 입에서 이름이 불린 둘이 허리를 숙였다.

나는 그 셋에게 청해성 도읍 심양에서부터 북, 동, 서로
뻗어 나가는 관도(官道) 세 곳을 가리켜 보였다.

북쪽 관도는 대통을 지나 감숙성 중부로 올라가고, 서
쪽 관도는 멀리로는 곤륜산 아래까지 이어지며, 동쪽 관
도는 악도를 지나 섬서성의 중심인 서안으로 통한다.

하지만 심양 관청에서 보낼 전갈은 어디에도 도착하지

못할 것이다.

쉬쉬싯!

검은 세 인형(人形)이 바람을 남기며 사라졌다.

그때.

매 한 마리가 밤하늘을 뚫고 나타나 대행혈마단원의 팔 위로 내려앉았다.

대행혈마단원이 매의 다리에 매듭져있던 전서를 가지고 왔다. 밤하늘 위로 비상하는 매의 뒷모습을 바라보다가 돌돌 말린 전서를 풀었다. 거기에는 이렇게 써져 있었다.

일군 옥문관 격(擊), 이군 곤륜파 격(擊).

*　　　*　　　*

스스스.

큰 포대를 어깨에 짊어진 살귀가 갈대를 젖히며 모습을 드러냈다.

살귀가 포대를 내려놓고 매듭을 풀었다. 그 안에는 백 발이 성성한 왜소한 노인이 곧 죽을 얼굴로 눈을 껌벅껌 벅거리고 있었다.

"이자가 맞사옵니까."

살귀가 물었고, 나는 고개를 끄덕였다.

지난 시간대에서 전쟁은 감숙성 공동산 아래 상원이라는 평원에서 시작됐다.

그곳에서 혈자문을 주축으로 사파 동도들과 공동파를 주축으로 한 정파가 정면으로 맞붙었다.

그러니까 삼살삼사 중 하나와 구파일방 중 하나가 맞붙은 셈이었고 그 첫 전투는 일월산의 대(大) 혈전으로까지 이어졌었다.

겉으로는 삼살삼사와 구파일방의 싸움이라 비등해 보일지라도, 실상은 사파의 세력이 압도적으로 우세한 감숙성이 싸움터였던 만큼 그렇게까지 오랫동안 전쟁이 지속 될일이 아니었다.

그렇게까지 된 대에는 목목노옹(木木老翁)이라는 노인의 지략이 컸다.

예상치 못한 매복, 신묘한 기관 함정, 베트공식 게릴라 전술, 화공을 대비한 방화선 등.

목목노옹은 온갖 뛰어난 전략으로 공동산을 천예의 요새로 만들어버렸다.

덕분에 우리는 공동산에서 많은 시간을 허비했었다. 만일 목목노옹이 없었다면 우리는 황군보다 사천에 더 빠르게 도착하여 더 큰 우위를 차지했었을 것이다.

그러나 막상 맞닥뜨리기 전까지만 해도, 공동파의 수뇌부 외에는 그 누구도 목목노옹이 공동파의 비호를 받고 있다는 사실을 몰랐다.

불로불사의 연단술을 깨달아 세상의 눈을 피해 숨어 버린 희대의 기인(奇人)이자, 지난 전쟁에서 우리의 발목을 잡고 늘어졌던 지략가가 바로 내 앞에 있었다.

"어디서 찾았느냐."

"공동산 오곡 하부에서 약초를 캐고 있었사옵니다."

나는 살귀의 어깨를 토닥여 그의 공로를 치하해 주었다.

목목노옹의 점혈을 풀어주자, 목목노옹이 포대 밖으로 기어 나왔다.

"살려주시게. 살려주시게. 뭐든 시키는 대로 할 테니 제발 살려만 주시게."

그가 닭똥 같은 눈물을 흘렸다.

"나를 알아보겠느냐."

내가 말했다.

목목노옹이 나와 내 등 뒤로 서 있는 살귀들을 쳐다보더니, 더 크게 울면서 애걸복걸했다.

"이 늙은이는 죽을 날만을 기다리는 늙은 방사(方士)라

네. 무림을 떠난 지 수십 년인데, 어찌 무림 영웅들을 알
아볼 수 있겠는가."

"크크크."

웃음이 나왔다.

목목노옹의 연기가 아주 일품이었기 때문이다.

"천하의 목목노옹이 우리를 몰라 볼 리가 없을 텐데.
크크."

"목목노옹……. 이익! 사람을 잘못 보신 거네. 소싯적
에 무림동도들은 이 늙은이를 구야! 구야! 하고 불렀지 목
목노옹이라니. 당치도 않네."

"나머지 팔까지 잃고 싶으냐."

내가 그렇게 말하는 순간, 비로소 목목노옹의 얼굴이
싹 굳었다.

"티가 나지 않았을 텐데."

목목노옹이 제 오른팔로 시선을 옮기며 말했다.

목목노옹의 의수(義手)는 놀랍게도 현대 세상의 것보다
실제 사람의 팔에 가까웠다.

목목노옹이 옥제황월처럼 외팔이라는 사실을 진작 알고
있지 않았다면, 그것이 의수인 것을 알아차리기 쉽지 않
았을 것이다.

"쩝. 쩝. 에잉. 다 늙어서 추한 꼴을 보이고 말았군. 너

희들의 어린 주인은 머리에 피도 마르지 않았거늘, 벌써부터 불로불사에 관심을 보인단 말이냐. 말세로다. 말세."

목목노옹이 초로의 노인의 가면을 벗어던진 뒤 마음대로 지껄인 그 순간.

스아아압.

혈귀들이 그의 앞으로 날아들었다.

혈귀들의 살기등등한 눈빛으로 보건대 내 명령이 없었다면, 목목노옹은 미트 민서(meat mincer: 고기나 기타 식재료를 곱게 으깰 때 사용하는 기기)에 쑤셔 넣어진 것과 다름없게 변했을 것이다.

내가 고개를 가로젓자 혈귀들이 양옆으로 비켜섰다.

그러는 사이에 뭔가 깨달은 바가 있었는지, 목목노옹이 나를 놀란 눈으로 쳐다보고 있었다.

"혈······ 마······ 교······ 주······."

대담했던 기세를 뽐냈던 노장은 온데간데없이 사라지고, 저승사자와 마주한 초로의 노인만이 내 앞에 남아있었다.

"본 교주가 네놈을 왜 잡아왔는지 알겠느냐."

"불, 불, 불······."

목목노옹이 말을 더듬다가 아예 입을 다물어 버렸다.

"불로불사?"

내가 말하자 목목노옹이 고개를 끄덕거렸다.

"불로불사의 연단술을 깨달았느냐?"

목목노옹이 고개를 가로저었다. 절대절대 아니라는 식으로 휙휙.

"네놈 말대로 아직 어린 본 교주가 불로불사에 관심을 가질까? 맞춰 보거라. 본 교주가 왜 여기에 있을까? 깊게 생각하거라. 네놈이라면 맞출 수 있을 텐데 말이야."

목목노옹이 눈살을 찌푸리며 제 미간을 집게손가락으로 톡톡톡 치다가, 고개를 번쩍 들었다. 목목노옹의 온몸을 부르르 떨었다.

"큭큭큭."

나는 웃으며 그의 옆으로 걸어갔다.

그리고는 저 지평선 너머로 일기 시작한 모래먼지를 가리켰다.

"네놈이 생각한 게 맞느냐?"

먼 시선을 가득 채우며 나타난 모래폭풍 사이사이, 본 교의 문장이 새겨진 깃발이 휘날리고 수만 개의 붉은색 안광들이 번뜩이고 있었다.

* * *

구파일방의 한 축을 담당했던 곤륜파와 공동파.

그리고 서충관, 진관, 요로관 등 서쪽의 오랑캐들이 천자의 땅을 결코 밟지 못하게끔 하겠다던 주요 관문들 또한 순식간에 박살났다.

동방 무림과 대국이 전혀 예기치 못한 때에 십만이 넘는 대병(大兵)이 일어난 만큼, 그 기세가 실로 파죽지세(破竹之勢)였다.

하물며 동방 무림의 중소 방파들을 말해서 무엇하겠는가.

모조리 하나로 연합해도 계란으로 바위 치기 격인 마당에, 아닌 밤중에 문득 잠에서 깨고 보니 붉은 깃발이 사방에서 휘날리고 있었을 것이다.

안타깝게도 항전을 택했던 곳들은 한 줌의 비명으로 사라졌지만, 개중에는 현실을 빠르게 자각하고 터전을 버리는 과감한 결단을 한 곳도 있었다.

"혈마교 마두 놈들이 언제고 불안했는데 기어이 이런 날이 오고 마는구나. 그래서 그토록 누누이 말해 왔는데! 왕 장군도. 난주 오대명문이라는 것들도 본문을 괄대해 왔었지!"

"아버님⋯⋯."

"사천 성도로 갈 것이다. 용호(龍虎)가 서쪽으로 딱 버

티고 서 있고 중강, 금당, 감양, 자양에서 대국의 병사들
이 증원을 올 것이며, 중앙으로 당가(唐家)와 천자의 장군
이 합심을 할 것이니. 성도만한 곳도 없다."

서쪽을 버티고 서있다는 용호란 아미파와 청성파를 일
컫는다. 정확히는 아미산과 청성산, 그 험준한 산세를 말
하는 것이었다.

행색으로 보아하니, 혈마군을 보자마자 옷도 제대로 챙
겨 입지도 못하고 부랴부랴 도망친 것 같았다. 강변으로
목을 축이며 숨을 고르는 자들이 옹기종기 모여 있었다.

그네들이 지니고 있는 것이라고는 한 자루의 도검뿐이
다.

다른 재물에 욕심에 내지 않고 오로지 병기 한 자루만
쥐고 도망쳤던 신속한 결정이, 혈마군의 추격에서 벗어날
수 있었던 가장 큰 이유로 보였다.

"무엇보다도 이 사실을 사천의 무림동도들에게 알려야
만 할 것이다. 이 모든 게 몽중(夢中)이 아니라면……. 우
리가 본 그 악귀 떼들이 사천에도 들이닥칠 것이다."

"하오나 아버님. 소자는 너무도 분하옵니다. 한번 싸워
보지도 않고 이대로 도망만 쳐서는 아니 됩니다. 무림동
도들이 본문을 비웃을 게 뻔하지 않습니까."

그때 젊은 여성이 끼어들었다.

"대국 병사들까지 성문을 열고 도망치는데, 우리라고 별수 없잖아요. 아드님도 봤잖아요. 그 붉은 갑옷을 입은 자들이 전부…… 혈마교의 병사들이었어요. 그, 그 전부가."

"어머님!"

"아드님, 이제 이건 무림의 일이 아니에요. 역란(逆亂). 역란이에요."

"혈마교를 두고 무림의 일이 아니라고 하시다니요."

"난주가 점령됐어요. 어디 난주뿐이겠어요. 고합, 금창, 고랑. 전부 점령됐겠죠. 아드님도 그자들의 군세를 보셨죠? 산과 들, 어디에나 그자들이 있었어요. 그런데 이제 와서 본문이 뭘 어쩔 수 있겠어요."

"본문의 식솔들은 지금 다 같이 있습니다. 혈마교가 계속 진군한다면 탑창의 대라산을 지날 수밖에 없습니다."

"대라산에 매복하자는 것이냐?"

"예. 아버님."

"네 어머니의 말을 못 들었느냐. 대국 병사들도 성문을 열고 도망치던 것을 못 보았느냐. 그리고 그때 본문도 함께 도망쳐야 한다고 소리 높였던 게 누구였느냐. 네놈이었다. 네놈! 헌데 이제 와서 대라산에서 맞서 싸워야 한다고?"

"……그때는 형국(形局)이 그러했습니다. 그 자리에 있었다면 꼼짝없이 멸문지화(滅門之禍)를 피하지 못했을 것입니다. 하지만 대라산에 가면, 분명히 소자와 같은 생각을 하고 있을 동도들이 기다리고 있을 것이옵니다. 아니면 본문이 기다리면 됩니다."

"아드님. 형국은 달라진 게 없어요. 그만 일어나죠. 이러고 있을 시간이 없어요."

"훗날! 대국의 도움을 받든, 무림동도들의 도움을 받든. 본문이 다시 난주에 들어왔을 때 본문이 예전과 같을 것 같습니까? 본문을 다시 세우려면! 잃지 말아야만 하는 것이 있습니다. 지금이 아니면 영영 되찾지 못할 것입니다. 어머님도 다시는 비단으로 짠 옷을 입지 못하실 거란 말입니다. 어머님께서는 결코 견디시지 못하실 겁니다."

"아드님!"

젊은 여성이 매서운 눈초리로 청년을 노려보았으나, 청년은 조금도 반응하지 않았다.

"네 이놈! 오냐오냐했더니 못하는 소리가 없구나. 내 너를 그리 가르치지 않았거늘."

"전화위복(轉禍爲福)이 멀리 있지 않습니다. 아버님. 본문이 대라산에서 동도들을 규합해 마두들과 맞서 싸우는 동안 사천에서 증원군이 온다면. 본문은 이전과 비할 바

없이 높아진 위상으로 다시 난주로 입성할 수 있을 것입니다. 아버님께서 본문을 난주 오대명문(名門)으로 일으키실 것이옵니다!"

"사천에서 증원군이 오지 않는다면?"

"오지 않는다 하더라도 무림동도들에게 본문의 협의(俠義)를 보여준 셈이지 않겠습니까."

"이렇게 해요. 사방이 잘 보이는 높은 곳에서 지켜보고 있다가, 저들이 몰려올 때까지 본문과 뜻을 함께할 동도들을 찾지 못한다면, 그때 사천 성도로 가는 거예요. 그러면 되겠지요. 아드님?"

"예. 어머님. 감사합니다."

"장남의 의협심은 모두 당신을 쏙 닮았지요. 그렇게 해요. 우리."

"당신은 마음이 참 너그럽소. 그렇게 하리다. 네놈이 또다시 부모를 섬기지 못하는 모습을 보인다면, 나 또한 네놈을 아들로 보지 않을 것이다. 명심하거라."

"예. 아버님."

문주가 잠깐 강변 쪽으로 시선을 돌렸을 때, 청년과 젊은 여성은 서로를 원수처럼 노려보았다.

"자. 이쯤 쉬었으면 됐다. 다들 일어나라!"

문주가 외쳤다.

강변에서 삼삼오오 모여 휴식을 취하고 있던 무사 삼십
명이 검집으로 땅을 딛고 일어섰다.

하나같이 무거운 표정들이다. 그네들이 도망치면서 봤
던, 시야를 가득 채웠던 붉은 물결을 절대 잊을 수 없으리
라.

그때 우리가 모습을 드러내자, 그네들의 시선이 자연스
럽게 우리 쪽으로 향했다.

그들은 단번에 우리의 정체를 눈치챘다.

일단 나와 함께하고 있는 대행혈마단원 십인(十人)이 본
교의 붉은색 무복을 입고 있지 않더라도, 대행혈마단원들
이 번뜩이고 있는 괴랄한 안채(眼彩)만으로도 그 정체를
모를 수가 없었다.

"마두다아아아!"

삼십 인의 무사들은 그렇게 부르짖으며 문주 식구들을
감쌌다.

"대라산이라면 지금 다녀오는 길이지."

찐득찐득하게 피 칠된 대행혈마단원들의 검들이 달빛
아래에서 음산한 분위기를 풍겼다.

쯧쯧. 안타깝게도 전쟁은 전쟁.

"깨끗이 청소해라."

내가 그렇게 말하는 순간.

살귀 열 마리가 내 머리를 뛰어넘었다.

허공에 유성꼬리와 흡사한 마기(魔氣)의 흔적이 곡선을 그리며 비스듬히 이어진 그 끝으로, 시뻘건 핏물들이 튀어 오르기 시작했다.

＊　　＊　　＊

쪼개서 각각 작전을 수행하고 있던 대행혈단과 촌각 살귀단과 혈마군에서 전서들이 속속 도착했다.

사천당가 당독군 살(殺), 사천성주 우왕 살(殺), 사천성 진위군 대장 오장보 살(殺).

사천성을 좌지우지하던 삼인(三人)이 한날한시에 죽었고.

산양 장가 멸(滅), 석천 봉도문 멸(滅), 미현 서서장원 멸(滅).

섬서성에서 종남파와 화산파를 제외한, 사실상 섬서성의 정도 무림을 이끌어가던 삼문(三派)이 역사 속의 뒤안길로 사라졌으며.

일군 섭서 천양관 격(擊), 이군 사천 석집관(擊).

색목도왕이 이끄는 일군은 섭서성으로, 흑웅혈마가 이끄는 이군이 사천성으로 들어왔다.

나는 붓을 들고 색목도왕에게 보낼 화답을 적어 내려갔다.

[서안으로 진격하라.

본 군이 모습을 드러내는 순간, 스스로를 육검자(六劍子)라 칭하는 섭서성주 민력왕의 호위무사 여섯이 성주와 장수들의 목을 바쳐올 것이다.

그들은 섭서성 진위군 대장 이상으로 병사들에게 신망을 얻은 자들이다. 때문에 섭서성 진위군 삼천여 명이 일제히 투항할 것이니, 피를 흘리지 않고 서안은 점령할 수 있음이다.

서안의 곡식 창고에는 혈마군 전체를 먹일 충분한 군량이 비축되어 있는 바, 보급대를 꾸려 이군(二軍)에게 삼 할을 보내야 할 것이다.

또한 육검자는 군신의 도를 저버린 배신자들이니 만큼 삼장로가 직권으로 처분해도 좋다.]

제8장

살(殺), 멸(滅)

　혈마군이 파죽지세로 청해성과 감숙성을 꿰뚫고 사천성
과 섬서성으로 들어왔음에도 불구하고, 사천의 번성한 도
시 중 하나인 중강(中江)은 여느 날과 다름없는 평범한 나
날 속에 있었다.

　혈마군이 조금 더 깊숙이 들어와야만 사태 파악이 될
것인지, 나는 관청 앞에서 꾸벅꾸벅 졸고 있는 병사를 보
면서 고개를 휘휘 저었다.

　쉬쉬쉭.

　우리는 관청 뒤쪽으로 난 산길로 방향을 틀었다. 그리
고 몇 개의 봉우리를 넘었다.

명산으로 이름난 청성산(靑盛山)에 들어서고 나자 비석들이 자주 눈에 띄었다.

청성파(靑盛派).

구파일방 중 하나의 이름을 새겨 넣은 그 비석들이 말하는 바는 분명하다. 여기는 대(大) 청성파의 구역이니 관계자 외 접근을 금한다, 라고 말하고 있다.

"흥!"

내 일장(一掌)에 그 비석이 산산조각 났다. 약간의 공력을 폭발시킨 덕분에 콰앙, 하는 소리가 메아리치듯 울렸다.

그때부터 지금까지와는 다르게 대행혈마단원들이 보다 진중해진 얼굴들이 되었다.

청성파 대전을 향해 올라가고 있을 때 몇몇의 기운이 위에서 쏟아져 내려오는 게 느껴졌다. 우리가 살짝 비킨 그 자리 위로 현기(玄機)를 머금은 검기가 스치고 지나갔다.

내가 오른손을 펼치자, 한 녀석이 내 손아귀로 빨려 들어왔다.

"커, 커컥!"

청색 도복을 입은 젊은 녀석이 내게 목이 잡혀서 바동거렸다. 반항할수록 옥죄는 기운이 더욱 강맹해진다는 것을 알아차릴 만큼 수준급의 고수임에도 불구하고, 포기하지 않는 것이었다.

심지어는 진기까지 끌어올렸다. 녀석의 얼굴이 점점 샛노랗게 변해갔다.

"사마인(邪魔人)! 당장 그 손을 놓지 못하겠느냐!"

푸른색 도복에 세검(細檢)을 든 자들. 사천뿐만 아니라 전 중원에 그 이름이 자자한 청성검수 여럿이 동시에 외쳤다.

그쪽에서는 대행혈마단원들과 청성검수들이 대치하고 있는 중이었다.

"쓸어버려라."

살귀들은 그 말만을 기다리고 있었다는 듯이, 곧바로 본색을 드러냈다.

명성이 자자한 청성검수들이라지만 이제 고작 고수의 반열에 오른 하룻강아지들.

그것들이 피를 갈구하는 살귀들의 검날을 간신히 넘기며 아찔아찔하게 움직여댔다. 그러다 살귀들이 흩날린 검광이 섬뜩하게 번뜩인 순간이 있었다.

몇 개의 팔과 몇 개의 얼굴들이 주인을 잃고 허공으로 치솟았다.

"이익! 이 간악한!"

"사제들은 스승님들께 이 사실을 알리게! 당장! 여기는 우리……."

그렇게 말했던 자는 말을 채 끝내기도 전에, 한 살귀가 토해낸 검기를 피하다가 발을 헛디뎌 절벽 아래로 떨어져 버렸다.

웃기는 소리다.

이미 청성파 장문인은 바로 지척에 도착해 우리를 지켜보고 있었으니까.

"제자들이 죽어나는 것을 언제까지 지켜보고 있을 것이냐. 나오거라!"

목을 쥐고 있던 녀석을 버리고 수풀 쪽으로 수도를 휘둘렀다.

영월(盈月)처럼 휘어진 강기가 허공에서 세 개로 나눠지며 거목들을 관통해 지나쳤다.

거목들이 쓰러졌다.

일순간 흙먼지가 피어오르며 그 안에서 폭갈(爆喝)이 터졌다.

"네놈이 소문 자자한 어린 마두렸다!"

노고수가 흙먼지를 뚫으며 나타났다.

벼락같이 나타나서는 한 자루의 세검(細檢)을 늘어트리고 있는 모습이 과연 구파일방 중 한 곳의 장문인다웠다.

그의 도도한 자태 뒤로도 한 폭의 산수화가 펼쳐져 있다.

예로부터 청성산은 도인(道人)들이 자주 찾는 명산이었는데, 구름을 걸친 봉우리들을 보고 있노라면 선경(仙境)이 따로 있는 것이 아니라는 생각마저 들었다.

"대 사부님!"

청성검수들의 외침이 내 상념을 깼다.

그들이 악에 받친 눈으로 나와 대행혈마단원들을 노려보며 장문인의 뒤쪽으로 이동했다.

"어린 마두 하나가 본파를 괄시(恝視)하고 있구나. 허허허."

청성파 장문인이 죽어서 쓰러진 제자들을 바라보던 시선을 내게로 옮겼다.

"이토록 우매한 이가 마존의 자리를 차지했으니 중원에 분명 혈풍이 일터, 본파가 어찌 이를 좌시하고만 있을 수 있겠느냐."

그가 사형 선고를 내리는 판사처럼 엄숙하게 말했다.

"청성의 세검과 성산(聖山)에 사마외도의 더러운 피를 묻히게 되었으니, 조상님들께 죄송스러울 따름이다. 너희들은 모두 물러가 있거라."

"대 사부님!"

"썩!"

그가 노호(怒號)를 터트렸다.

머뭇거리고 있던 제자들이 뒤로 더 거리를 벌렸다.

나도 고개를 끄덕여 보이자, 대행혈마단원들 또한 뒤로 미끄러져 내려갔다.

"보아하니 노부를 찾아 먼 걸음을 한 것 같은데, 연유가 무엇이냐."

그가 심후한 공력이 서린 안광을 번뜩였다.

암흑 속에 숨어서 사냥감을 노려보는 맹수의 그것과 크게 다르지 않았다.

청성이 동방 무림의 한 축을 담당하고 있는 만큼 사사로운 감정이 없다 하면 거짓일 것이다.

그러나 진짜 이유는.

"너희들이 본 교주에게 방해가 되는구나."

내가 말했다.

더 정확히는 혈마군이 사천성의 도읍인 성도로 들어가는데 불가피한 방해 요소를 사전에 제거하기 위함이다.

가만히 내버려둬도 혈마군이 청성산 36개 봉우리를 모두 짓밟고 지나갈 수밖에 없겠지만 이번 대전의 최우선 목표는 속전속결 즉, 최소의 피해다.

"어린 마두가 미쳐도 제대로 미쳤구나! 여기가 어디라

고!"

청성검수 하나가 나를 검 끝으로 가리키며 외쳤다.

청성파 장문인도 미간을 씰룩였다.

청성파 장문인이 한 팔을 스윽 들어 올렸다. 그러자 저마다 한마디씩 내뱉으려던 청성검수들이 입을 다물었다.

"무엇에 방해가 된단 말이더냐."

"이제 보니 청성의 명성은 모두 허명(虛名)에 불과했었구나. 크크큭."

혈귀들도 나를 따라 웃었다.

"큭큭. 큭큭큭. 크하하."

우리 십일 인의 괴이한 웃음소리에 청성검수들의 얼굴이 한 번 더 구겨졌다.

선계에서 내려온 신선 마냥 수염을 쓰다듬던 청성파 장문인 또한 순간적으로 나찰상 같은 얼굴을 보였다.

그럼에도 불구하고 그가 곧장 출수하지 않는 이유는 단언컨대 분명하다.

알아차린 것이다. 나를 이길 수 있으리란 확신이 들지 않는 것이다.

청성의 제자들은 아직 눈치를 채지 못했지만, 그네들의 장문인이 나를 바라보는 시선에 큰 변화가 있었다. 나를 어린 마두라고 경시하던 그 눈빛이 싹 사라졌다.

"청성은 군소방파가 아니라 자그마치 구파일방 중 하나가 아닌가. 하면 지금쯤 알고 있어야 하지 않느냐. 어찌 지금까지 모를 수 있단 말이냐."

"……."

"본교의 대군(大軍)이 청해성과 감숙성을 넘어 사천성과 섬서성으로 들어왔다. 그리고 지금 이쪽으로 오고 있음이다."

청성검수들이 일제히 서쪽 방향으로 고개를 틀었다.

하지만 보이는 것이라고는, 달라진 것 하나 없이 봉우리와 봉우리로 이어지는 긴 능선뿐이다.

청성검수들이 저마다의 어처구니없다는 표정과 함께 다시 내 쪽으로 시선을 옮길 때, 청성파 장문인만이 반신반의하는 얼굴로 나를 빤히 쳐다보고 있었다.

그러나 그것도 잠시뿐이었다.

청성파 장문인의 얼굴에 머물렀던 고심이 일순간에 지워졌다. 그 또한 내가 허풍을 떨고 있다고 결론을 지은 것 같았다.

아니, 더 이상 시간을 끌 필요가 없다고 생각했을 수도 있다.

그들이 도착했기 때문이다.

대행혈마단원들도 아직까지는 눈치채지 못하고 있지

만, 나는 바로 옆에 둔 것처럼 그네들의 숨소리와 기운 하나하나를 생생히 느낄 수 있었다.

총 일흔세 명.

칠십이동(七十二洞)의 도인들만 하면 일흔둘, 하지만 나머지 하나가 남았으니…….

적하검 풍뢰자.

산중호수인 월성호에서 은거하고 있었던 현 장문인의 사형.

비로소 예고되었던 무대의 연기자들이 총출동한 것이다.

"본 교주 덕분에. 장문인은 실로 오랜만에 사제들과 사형을 만나게 되겠군. 축축한 수풀에서 몸 적시지 말고 그만들 나오거라."

내가 말했다.

쉬아아악.

눈 따가운 바람이 불었다.

케케묵은 청색 도복을 걸친 장년인들과 노인 하나가 우리를 에워싸며 나타났다.

청성검수들의 눈이 휘둥그레졌다.

그들조차도 지금껏 한 번도 본 적이 없던 소문 속의 그 전대 고수들이 한자리에 모였지 아니한가!

청성검수들이 놀라서 멍하니 있다가 사태를 깨닫고 황급히 허리를 숙였다.

"사형."

"장문인. 그간 별고 없으셨습니까."

백발의 노고수 둘이 짧은 인사를 마치면서 나를 쳐다봤다.

"어린 마두가 주장하길, 혈마교가 병사를 일으켜서 사천성과 섬서성까지 들어왔다 합니다. 사형께서는 어찌 생각하십니까."

"흘러가는 세월만을 벗으로 두었던 이가 무림 정세를 어떻게 알겠습니까. 다만. 태반도 지워내지 못한 천둥벌거숭이 하나가 성산을 어지럽히고 있는 것은 보입니다."

"알겠습니다. 사형. 사제들은 퇴로를 막아주시게."

청성검인들은 더 뒤로 풀쩍 날아 뛰었고, 칠십이동 도인들이 낡은 검집에서 검을 빼 들었다.

검집은 낡았으되 하나하나 예기(銳氣)가 서린 청청한 빛깔이 어디에서나 번쩍였다.

"어린 마두 하나를 두고 뭘 그리들 망설이는 것이냐."

스윽.

흑천마검을 검집에서 빼 드는 순간, 주변에서 일렁거렸던 청색 빛깔들이 모두 어둠 속으로 흩어졌다.

흑천마검이 흘리는 마기(魔氣)의 위력에 다들 놀라던 그
때였다.

쏴아아아악!

장문인과 장문인의 사형인 풍뢰자가 동시에 날아들었
다.

한 사람은 비단으로 짠 깨끗한 도복 차림이고 다른 한
사람은 넝마를 걸친 서로 다른 외양이지만, 그들이 내뻗
는 검세 만큼은 '복사하기'해서 '붙여넣기'한 것처럼
다른 구석이 하나도 없었다.

쉬익.

소용돌이로 일그러지는 공기의 파장을 뚫고 검기 두 개
가 나타났다.

쾌속검(快速劍)의 대가(大家) 둘이 날린 검기가 눈 깜짝
할 사이에 내 가슴을 노렸다.

하나는 걷어차고 다른 하나는 흘려보냈다.

그럼에도 불구하고 둘이 동요하지 않고 연격을 이었다.

검기 하나가 얼음송곳처럼 위에서부터 떨어져 내리고,
다른 검기 하나는 밟힌 트랩 속에서 튀어나오는 철침처럼
불쑥 솟구쳐 나왔다.

그것들마저 치워내면서 뒤로 뱅그르르 돌아 착지하자,
둘이 순간적으로 놀란 마음을 비쳤다.

"흐읍!"

휘둘러진 흑천마검 끝에서 네 갈래로 갈라진 검기가 둘이 일으킨 강기를 베고 지나갔다.

두 백발노인이 어깨에 깊은 자상을 입긴 했지만 검을 못 쓸 정도는 아니었다.

두 노인이 서로 눈빛을 교환하기 무섭게, 두 노인의 검 끝에서 더욱 섬세하고 예리해진 검기들이 발출되기 시작했다.

드디어 청성파의 비전 중 하나인 송풍검법이 장문인과 장문인의 사형 두 절정 고수의 현란한 검세와 함께 휘몰아쳤다.

송풍검법의 쾌속검을 동물로 치자면 칼날 날개를 단 비조(飛鳥)다.

뭔가가 빠르게 사방을 스치고 지나가는데, 그것들이 지나간 자리는 어김없이 따끔하다.

잠깐 사이에 찢겨서 땅으로 떨어지고 있는 장포 조각들이 흩날리는 벚꽃 잎처럼 시야 안으로 가득해졌다.

"이 노오오오옴!"

적하검이 벌게진 얼굴로 노성을 터트렸다. 장문인 또한 그의 사형과 동일한 얼굴로 숨을 삼키며 뒤쪽으로 거리를 벌렸다.

지면 위로 두 노고수의 검에 찢겨진 내 장포 조각들을 쉽게 찾아볼 수 있다. 그러나 정작 얼굴을 붉히고 있는 것은 내가 아니라 그 둘이었다.

둘의 얼굴 위로 붉게 물든 것의 정체는 분노가 아니다.

바로 수치심.

대 청성이 자부하는 쾌속검의 대가 둘이 전력을 다해 절기를 펼쳤음에도 불구하고, 얻은 결과라고 해봤자 어린 마두의 옷자락을 몇 점 찢은 게 전부였기 때문이다.

"흠……."

청성파 장문인의 이마 위로 깊은 골이 생겼다.

이제 막 교좌에 오른 어린 마두에게서 실로 놀라운 경지를 엿본 것이다.

그들과 달리 내가 얻은 것은 크다.

흑천마검과 합일하지 않고, 명왕단천공의 연산능력을 사용하지 않고도 구파일방의 한 장문인과 그 사형을 합친 것보다도 우위에 있음을 확인할 수 있었다.

확인하였으니 되었다.

같은 십일성이라 할지라도, 이 시간 때의 나와는 차원이 다른 큰 격차가 있었다.

내가 마검을 들어 올리자.

"사형."

"장문인."

둘이 순간적으로 반응했다.

자석에 딸려오는 철가루처럼 지면을 튕겨서 산개해 날아왔다.

두 노고수의 검 끝으로 다시 송풍검법이 시전되었지만, 이번에는 전과 다르게 그 어느 것 하나 내 옷자락에 닿지 않고 등 뒤로 넘어갔다.

스윽.

몰아치는 검세를 뚫고 깊게 파고든 나는, 흑천마검을 던지며 둘의 가슴에 쌍장(雙掌)을 먹였다.

파앙.

두 개의 파공음이 터졌다.

눈 깜짝할 사이에, 이미 저만치로 나가떨어진 두 노고수가 비탈 위로 꼴사납게 구르고 있었다.

천하의 구파일방 장문인과 그 사형이 돌부리에 걸린 촌무지렁이처럼 구르고 또 굴렀다.

"장문인!"

청성검수들보다도 칠십이동의 도사들이 더 빠르게 움직였다.

칠십이동 도사 몇이 두 노고수를 부축하여 일으킬 때.

산림(山林) 속에서 번뜩인 날카로운 빛 하나가 그들의

목을 베고 지나갔다.

피를 잔뜩 묻힌 흑천마검이 내 손아귀 안으로 돌아오고, 주인 잃은 목들이 비탈을 타고 데굴데굴 굴러갔다.

그 와중에 박수칠 만한 사실은 두 노고수가 명성답게 한 번쯤은 내 이기어검을 피했다는 것이다.

"저 마두를……."

장문인이 가슴을 부여잡으며 상체를 일으켰다.

나를 부르는 칭호가 어린 마두에서 그냥 마두로 달라져 있었다.

"결코…… 살려 보내서는…… 아니……."

"어떻게…… 혈마교에…… 저런……."

쿨럭!

장문인도, 그의 사형도 말을 채 끝내지 못했다. 둘이 검붉은 사혈을 한 움큼 토하면서 다시 고꾸라 넘어졌다.

제자들과 칠십이동의 도사들이 허겁지겁 뛰어갔지만 소용없을 것이다.

제자들의 부축을 받으며 겨우 몸을 일으켰던 두 노고수였으나, 한 호흡을 넘기기도 전에 고개가 앞으로 힘없이 떨어졌다.

청성파 장문인 살(殺), 청성파 적하검 살(殺).

삼살삼사 일극파와 적옥장.

청성, 아미, 당가와 함께 사천 무림의 한 축씩을 담당하
고 있던 그들에게 뒤처리를 맡겼다.

그로부터 며칠 후, 섬서성 서안으로 넘어가던 길에 혈
마군으로부터 전갈이 도착했다.

거기엔 이렇게 써져 있었다.

청성파 멸(滅),

*   *   *

서안에 도착했을 때.

제일 먼저 두 눈 안으로 들어온 것은 성벽을 따라 줄지
어 걸린 본교의 붉은 깃발들이었다.

대국 깃발은 갈가리 찢겨서 성벽 아래로 아무렇게나 버
려져 있었고, 성문을 지키고 있는 병사도 더 이상 대국 병
사가 아니었다.

혈마군이 모든 행인들의 출입(出入)을 엄격하게 통제하
고 있었다.

물지개를 진 초로의 노인이라 할지라도 엄격한 검문을 피할 수 없다. 하물며 검을 든 자들은 본인이 사파동도라는 것을 분명히 증명하고 피력해야만 했다.

앞사람이 하소연하듯이 제 신분을 증명하는 동안, 다른 이들은 곳곳에서 휘날리고 있는 본교의 깃발을 바라보며 섬서성의 주인이 바뀌었다는 것을 실감하고 있었다.

일단 나는 어디에서도 전투 흔적을 발견할 수 없어서 흡족스러웠다.

전 시간대에서처럼 섬서성주 민력왕의 여섯 호위무사가 주군과 나라를 배신한 것이었다.

"지유본교. 천유본교. 천세만세. 마유혈교! 교주님을 뵈옵니다!"

앞에서 큰 외침이 터졌다.

혈마군 넷이었다.

그들이 검문 중이던 무림인을 밀어붙이며, 한쪽 무릎을 꿇고 있었다.

성문과 성벽 위쪽으로도 교언을 읊는 목소리들이 쩌렁쩌렁 울렸다.

시간이 멈춘 것처럼 일대가 조용해졌다.

어떠한 움직임도 없어졌다.

행인은 행인대로, 농부는 농부대로, 무림인은 무림인대

로.

다들 크게 놀란 와중에도, 어떻게 해야 하는지 본능적으로 알고 있었다.

두 손을 배 위로 모은다. 허리를 구십 도 이상으로 깊게 숙인다. 그리고는 절대 입을 열지 않고 고개를 들지 않는다.

나는 멈춰버린 그 세상 위를 걸었다.

타핫.

그러다가 하늘 위로 솟구쳐 올랐다.

내 모습이 대중들의 시선에서 사라지고 난 후에야 땅, 하고 멈췄던 시간이 다시 흐르기 시작했다.

농부는 달구지를 끌고, 아낙들은 굽혔던 허리를 펴면서 발걸음을 서두르고, 아이들은 갑자기 사라진 높은 나리를 찾기 위해 두리번거린다.

무혈입성(無血入城)했기 때문일까.

역란(逆亂)이 일어난 어지러운 시국이라는 것을 느끼고 있는 자들은 유생이나 검을 들고 있는 자들뿐.

평범한 민초들은 어제와 같은 삶을 이어나가고 있는 중이다.

혈귀들에게 해산 명령을 내린 다음, 전 섬서성주 민력왕의 장원 안으로 들어갔다.

안뜰에서 색목도왕을 찾았다. 큰 사자가 밀림을 뛰어다니듯이, 풀쩍풀쩍 뛰면서 큼지막한 도를 휘두르고 있었다.

나는 일부러 기척을 죽였다. 수련이 한창 절정으로 치닫고 있었다. 방해하고 싶지 않았다.

그가 허공에 그은 호선(弧線)을 따라, 황금빛 기운들이 스윽 하고 흔적을 남긴다.

빠르지는 않다. 그러나 삼영회연대전으로 얻은 공력이 그의 도식(刀式)에 정교함을 더하고 힘을 불어넣었다.

색목도왕은 놀라울 정도로 집중해서 거의 무아지경에 빠져들었다.

하지만 탈수가 의심될 만큼 어마어마한 양의 땀을 흘려대는 것은, 결코 좋은 현상이 아니었다.

나는 대들보에 등을 기대고 선 채 그의 도식을 계속 지켜봤다.

확실히 위력적이다. 전과는 비교가 안 될 성취가 있었다.

그럼에도 불구하고 색목도왕이 되풀이하고 있는 도식에서, 그가 느끼고 있을 답답함을 느낄 수 있었다.

이윽고 나는 그가 뚫지 못하고 있는 벽이 무엇인지 알아차렸다.

기회를 엿보고 있다가 탄지(彈指)를 튕겼다.

쉬익.

붉은색 꼬리를 달면서 유성처럼 날아갔다.

탄지가 색목도왕의 도신에 부딪쳤다. 갑작스런 충격에 색목도왕이 휘청거렸다.

그가 쌍룡재천의 수법으로 몸을 틀면서 놓칠 뻔한 도를 강하게 움켜쥐었다.

그리고는 도를 가슴 쪽으로 끌어당기는데, 그러한 움직임이 그를 아주 자연스럽게 다음 도식으로 이끌었다.

색목도왕의 머리 위로 느낌표 여러 개가 떠올랐다.

그는 자신이 공격을 받았다는 사실도 까맣게 잊은 버린 듯, 부드럽게 이어진 도식의 흐름에 몸을 맡겼다. 짧은 미소가 그의 입에 머물렀다가 사라졌다. 땀도 더 이상 나지 않았다.

도가 허공을 가를 때마다.

거기에서 천력(天力)의 힘이 금빛으로 부서져 내렸다.

"결국 천력마도(天力魔刀)를 그대의 것으로 만들었구나. 훌륭하다."

색목도왕이 황금빛으로 일렁거리는 도신을 검집에 집어넣으며, 내 쪽으로 몸을 틀었다.

"소…… 마…… 색목도왕. 또다시 교주님께 크나큰 은

혜를 입었사옵니다."

그의 떨리는 목소리에 진심이 잔뜩 묻어나왔다.

바로 이 순간을 위해…….

천력마도 비급과 귀한 혈영마단 네 개를 들여 삼영회연 대진을 준비시켰지 않았던가.

색목도왕의 진일보(進一步)가 내 일처럼 크게 기뻤다.

안채로 자리를 옮겼다.

짧은 문구가 적힌 전서를 통해서가 아니라, 혈마이군(血魔二軍)의 총지휘관인 색목도왕에게 직접 그간의 전황에 대해 들었다.

옥문관에 주둔 중이던 오천(五千) 진위군을 격파하는 것을 시작으로 공동파, 난중, 섬서성 서안에 이르기까지 태풍처럼 몰아치던 전과(戰果)가 쉴 새 없이 이어져 나왔다.

"섬서성을 주둔 중이던 대국 병사들이 모두 투항하였으니, 이제 여기에 남은 것이라고 해봤자 종남파와 화산파, 그리고 잔챙이들뿐이겠군. 전세지문에선 뭐라 하더냐?"

"두 문파가 섬서의 정도 무림을 이끌고 여산에서 진을 치고 있다 하옵니다."

"화산이 아니고?"

"예."

"잘 되었구나!"

화산의 산세는 험악하기로 천하제일이다.

그곳에서 연합한 섬서성의 정도 무림이 게릴라식으로 항전을 결심하였다면, 본교로써는 약간의 피해와 시간을 감수할 수밖에 없었다.

그때는 혈마군 전체가 화산을 오르는 것보단 색목도왕과 함께 별동대를 꾸릴 마음이었다.

그러나 이제, 섬서의 정도 무림을 일격에 격파할 수 있게 되었다.

"삼뇌자의 공이옵니다. 육검자가 성주와 휘하 장수들의 목을 들고 왔을 때, 소마는 성문을 닫고 정도를 색출하려 하였습니다. 하오나 삼뇌자의 말에 따라 남문과 동문을 생문(生門)으로 열어주니, 섬서 정도 연합이 여산을 기점으로 만들어졌습니다."

"그게 어디 삼뇌자의 공 만이라고 할 수 있겠느냐. 삼뇌자는 어디에 있느냐?"

"불로불사의 비밀을 알아내, 교주님께 바칠 것이라 하였사옵니다."

목목노옹을 지금껏 심문하고 있는 모양이었다.

"앞장서거라."

"옛!"

섬서성주 민력왕이 정적(政敵)들을 비밀리에 처리해 온 지하 밀실.

온갖 고문 도구로 둘러싸인 그곳에서 삼뇌자의 목소리가 흘러나오고 있었다.

"천기(天氣)가 본교에 있네. 노옹도 알고 있지 않나. 머지않아 본교가 천하를 다스릴 것이라는 말일세. 그러니 앞으로는 더 더욱이, 누구도 노옹을 도울 수 없을 거네."

삼뇌자가 안쓰럽다는 듯이 쯧쯧 하고 혀를 찼다.

"이름 정도는 남기고 가야지. 불로불사의 몸이라고는 하나, 늙어 죽지 않는다는 것이지 목이 베여도 살 수 있는 건 아니지 않나. 이 아둔한 사람아. 억겁의 세월을 이렇게 고통만 받는다면, 불로불사가 무슨 의미가 있겠나. 하아."

"불로불사……. 크, 크큭……. 내게 원한을 가진 녀석이 지어낸 헛소문이란 걸…… 정녕 모르시겠나……. 제발 믿어주시게."

"누가 그런 헛소문을 지어내겠나."

"누구겠나. 내 재능을 질시(嫉視)하는 것들이지. 그대처럼 말이야."

목목노옹이 미친 사람처럼 끌끌 거리며 웃었다.

"쩝. 노옹의 생각이 정 그러하다면 어쩔 수 없는 것 아니겠나. 내일 노옹을 본산으로 옮길 것이네. 반백 년 동안 본교의 지하 감옥에 있어 보시게."

"……."

"반백 년. 그렇게 세월이 흐르고 나면 이 삼뇌자는 천
수를 다해 이 세상 사람이 아니겠지. 하지만 전지전능하
신 교주님께서는 살아계실 것이라네. 그때까지 노옹이 살
아있다면 노옹은 불로불사를 깨달은 것일 테고, 그때는
교주님께 불로불사의 비밀을 말할 수밖에 없을 것이네."

삼뇌자가 구부정한 몸을 일으켰다.

"기, 기다리시게!"

"처음부터 말해두지 않았던가. 시간이 다 되었네. 이
삼뇌자와는 여기까지라네. 대업을 앞에 두고 언제까지 그
대와 농담이나 하고 있겠는가."

"이대로 가면 나, 나는?"

"그렇지 않아도 혼심사문주 천요수라가 노옹에게 관심
이 많다네."

"혼…… 심사문……. 천, 천요…… 수라……. 기, 기다
리시게! 기다리시기에에에에. 말하겠네! 말하겠네!"

"말할 텐가?"

"교, 교주님과 대면시켜 주시게. 교주님께 직접 말씀드
리겠네."

"쯧. 쯧. 어찌 그렇게 우매하시나."

그 순간, 삼뇌자의 눈빛이 돌변했다.

얼음장같이 차가운 정적.

"네놈 따위가 전지전능하신 교주님을 뵐 수 있을 것 같으냐?"

삼뇌자의 섬뜩한 시선에 목목노옹의 얼굴 또한 싹 굳었다.

"말해 보거라."

내가 말했다.

삼뇌자와 목목노옹이 놀란 얼굴로 이쪽을 쳐다봤다. 나와 색목도왕이 어둠속에서 모습을 드러내자, 삼뇌자가 반사적으로 교언을 읊으며 허리를 숙였다.

그 옆을 지나쳐 목목노옹 앞에 섰다.

"목목노옹."

"교, 교주님……."

"이전에는 불로불사의 비밀을 모른다 하지 않았더냐?"

"모…… 모……. 모르옵니다."

뭣이!

삼뇌자와 색목도왕이 동시에 그런 눈초리로 목목노옹을 노려보았다.

"하오나!"

목목노옹이 소리 높였다.

"이 늙은 방사의 말을 들어보시고, 쓸 만하다 싶으시면 구명도 해주시고 교도로도 받아 주시옵소서."

"건방진 노오옴! 어느 안전이라고!"

어김없이 색목도왕의 노성이 터졌다.

"무슨 말을 하는지 들어나 보지."

목목노옹에게 말을 계속하라는 눈빛을 보냈다. 그가 형틀에 묶인 채로 숨을 한 번 크게 고른 후에, 입술을 열었다.

"교주님께서는 대군을 일으키시어 청해, 감숙, 사천, 섬서. 사성(四省)을 일시에 점령하셨습니다. 대군의 군세는 틀림없이 강맹하옵니다. 하오나 그렇다고 해서 대국의 군세가 약한 것이 아니옵고, 단지 방비를 못 했기 때문이었사옵니다."

색목도왕과 삼뇌자의 눈빛이 더욱 사나워졌다.

"곧 군비(軍備)를 갖춘 대국의 황제가 비로소 전쟁을 시작할 것이옵니다. 그러나 이미 천기(天氣)의 흐름이 교주님께 있사오니, 단 한 번의 전투가 천하 대전에 종지부를 찍을 것이옵니다. 황제의 군사는 크게 패할 것이고 그 전투로 국운이 쇠약해질 것이오니. 그때 교주님께서는 큰 나라의 기틀을 세우시고 훗날 천하를 도모하실 수 있으시옵니다."

목목노옹이 잠깐 말을 멈추고 눈을 질끈 감았다. 그리고는 결코 해서는 안 될 말을 꺼내는 사람처럼, 입술을 오물오물 거리다가 담고 있던 말을 한 번에 내뱉어버렸다.

"하오나 더 욕심을 내시어, 사천과 섬서를 넘어 산서와 하남 그리고 호북까지 진격하신다면! 종국에는 아무것도 얻지 못하시고 먼 사막으로 쫓기듯 돌아가시게 될 것이옵니다."

색목도왕과 삼뇌자는 내 명령 때문에 분노를 터트리지 못하고, 핏발 오른 눈으로만 목목노옹을 노려보았다.

그때 나는 한 손으로 얼굴을 덮고 고개를 숙이고 있었다.

"크……. 크, 크크크."

손가락 사이사이로 흑천마검 녀석의 것과 흡사한 웃음소리가 미끄러져 나왔다.

고개를 들며 손가락 사이로 놈을 쳐다봤다.

"왜…… 그러시옵니까."

놈이 겁에 질려서 입술을 바들바들 떨었다.

"네놈. 삼황(三皇)을 알고 있구나."

"……!"

놈이 황급히 고개를 저었지만, 너무도 놀란 탓에 제 감정을 감추지 못하고 있었다.

　　　　*　　　　*　　　　*

　그렇게 목숨을 가지고 벌벌 떨던 놈이, 삼황이 언급된 순간부터 입을 다물어 버렸다. 흥미로운 일이 아닐 수 없다.

　하지만 놈의 입을 열게 만드는 것보다도 더 중요한 일이 우리를 기다리고 있었다.

　이미 실질적으로 섬서성이 본교의 수중으로 들어온 것이나 다름없지만 아직 화룡점정(畵龍點睛)이 남아있다.

　여산 전투!

　화산파와 종남파를 비롯한 섬서 정도 무림이 현실을 깨닫지 못하고 있는 지금이, 잔당들을 모조리 쓸어버릴 수 있는 절호의 기회다.

　제대로 멸살(滅殺)시켜야 한다.

　그렇지 못해서 잔당들이 섬서성 전역으로 깊숙이 숨어 들어가 버린다면, 본교가 큰 나라로 거듭난 후에 귀찮은 사건사고가 일어날 수밖에 없다는 것을 명심해야 할 것이다.

　날이 밝았다.

이른 아침부터 혈마군 제이 군 전체가 성벽 밖에 대열 했다.

어제 삼뇌자에게 들었던 대로 혈마이군 오만여 명은 부대당 오천 명씩, 총 열 부대로 재편성됐다.

여산에 진을 친 섬서 정도 무림인들의 총인원은 이천 명 미만으로 추정. 혈마이군은 단순 병력부터가 25배 이상 앞섰다.

그 정도로 압도적인 병력이라면 무공을 익혀 본 적이 없는 징집병들로만 꾸며있다 할지라도, 멀리서 화살을 쏴대는 것만으로 무림인들을 궤멸시킬 수 있으리라.

하물며 본교의 혈마군은 어떠한가? 무공의 숙련도는? 무장 상태는?

본교가 반 천 년간 비단길을 점유하여 벌어들였던 비용 중 상당한 비율이 모두 군비(軍費)로 쏟아 부었다.

그래서 혈마군의 무장으로 말할 것 같으면 방어구들은 강철에 비해 상대적으로 가벼운 경철(輕鐵)로 만들어졌으며, 갑주(甲胄)를 기본으로 팔, 다리 보호구와 함께 장갑과 신발까지 완벽하다.

보직에 따라 창과 검, 도 등의 기본적인 병기들은 다르게 가지고 있지만, 하나같이 등에는 활과 화살통을 메고 있기까지 하다.

필요하다면 군단 전체가 언제든 중갑병에서 궁병이 될 수도 있다.

한 명 한 명이 강병(强兵) 중에 강병!

휘리릭.

내가 단상 위로 모습을 드러내자, 혈마군 전체가 혈귀의 얼굴이 도드라지게 튀어나온 원형 방패를 높게 치켜들었다.

그들이 외치는 열여섯 글자 교언에 온 천하가 다 흔들거렸다.

"교주님."

색목도왕과 삼뇌자 그리고 여러 혈마군 부장들이 다가와 내게 허리를 숙였다.

나는 혈마군 쪽으로 몸을 틀며 외쳤다.

"오늘 본교는 반(半) 천하를 교지로 둔 큰 교국(敎國)으로 거듭날 것이다. 이는 혈천하의 시작이니, 너희들은 교국 안에서 정당해지리라!"

"혈마는 위대하시다!"

"혈마는 위대하시다!"

사기는 이보다 더 높을 수가 없었다.

지금 기세로 치면 반 천하는 물론이거니와 중원 전체를 손아귀에 넣고, 그 힘으로 이슬람 제국까지 몰아칠 수도 있을 것처럼 느껴진다.

여산으로 출진(出陣)이다.

서안에 남아있을 한 개 부대를 제외한 아홉 부대 전체
가 동시에 움직였다.

흙먼지가 확 피어오르는 가운데, 수만 개의 붉은 안광
들이 밤 고양이 눈처럼 번뜩였다.

이윽고.

여산이 훤히 보이는 언덕 위였다.

거기에서 나는 실소를 금치 못했다.

널찍한 평원 위에 목책을 둘러서 진형을 꾸린 그 모습
이, 우리를 얼마나 같잖게 보고 있는지 제대로 보여주고
있었다.

혈마교가 군사를 일으켰어? 감히 마인(魔人) 따위를 여
기까지 오게 만들다니. 천자(天子)의 진위군도 참으로 오
합지졸이군! 우리 화산과 종남이 간악한 사마외도를 막을
것이다.

그렇게 말하고들 있겠지.

"무덤치고는 크지 않습니까."

색목도왕도 화산파와 종남파를 비웃었다.

지금에서야 입에 조소를 띄고 말할 수 있을 테지만, 혈
마군을 일으키기 전까지만 해도 그렇지 않았다.

혈마군을 일으키면 천하의 반절을 점령할 수 있단 내 말에, 모두들 반신반의했었다. 색목도왕과 흑웅혈마라고 크게 다르지 않았다.

다들 대국과 동방 무림을 상대로 치열한 전투를 예상했었으나 속전속결(速戰速決)!

피해 또한 언급하는 것이 무의미할 정도였지 않았던가.

그렇게 다들 혈마군을 제대로 알게 되었지만, 화산파와 종남파는 혈마군을 제대로 본 적이 없다.

그들은 아직 멀었다.

본교를 먼 사막에 위치한 마인들의 방파라고만 여긴다. 본교가 여기까지 온 것은 순전히 운이라고만 생각한다.

그리고 그 결과는 결국⋯⋯.

"쏴라!"

내가 터트린 사자후가 사방으로 메아리쳤다.

쉬아아악!

정파 진형을 중심으로 두고 동, 서, 남, 북 먼 쪽에서 화살들이 치솟아 올랐다.

농부들이 그렇게도 끔찍이 여기는 재앙(災殃), 메뚜기 떼처럼도 보인다.

네 방향에서 큰 군집을 이룬 화살들이 진형 위로 떨어졌다.

그때부터 일정한 간격을 두고, 화살들이 메뚜기처럼 날아올라 하늘을 뒤덮었다. 그리고는 소나기처럼 떨어진다.

모든 게 작전대로 흘러가고 있었다.

1부대에서 4부대는 화살을 쏘고, 5부대에서 8부대까지는 궁병 부대 앞에서 방패 역할을 한다.

정파 쪽 진형에서도 화살이 날라 오지 않는 것은 아니었지만 그 수가 너무나 적고, 군집을 이루지 않아서 방어하기에 무척이나 수월했다.

"기어 나오기 시작합니다."

색목도왕의 말처럼 십 수 명씩 무리를 이룬 정파 측 고수들이 목책을 넘고 있었다. 바로 그 시점에서부터 화살 세례에서 살아남은 정파 고수들이 전력을 다해 뛰어 나왔다.

"쳐라!"

내 사자후가 또다시 전장 위를 때렸다.

화살을 쏘던 혈마군들이 마지막 화살을 끝으로 더 이상 시위를 먹이지 않았다. 대신 검과 도를 빼 들고 지면을 박

찼다.

기마대인 9부대를 제외한 혈마군 사만 전부가 여산 진형을 포위하며 돌격했다. 그 팔방(八方)으로 개미 한 마리 빠져나갈 조그마한 틈조차 없었다.

그리고 부딪쳤다.

아니, 정파 고수들이 거대한 붉은색 물결에 휩쓸리고 말았다.

열심히 허우적거리지만, 종국에는 심연 깊숙이 잠기고 만다.

더 이상 색목도왕의 얼굴에는 웃음기가 남아 있지 않았다.

"처음 보느냐?"

"아……. 예. 이렇게 전황이 잘 보이는 곳에서는 처음입니다."

"그동안은?"

"선두에서 지휘해 왔었습니다."

그래서다.

이건 전투라고도 불릴 수 없을 만큼 일방적이며 압도적이다.

특히 다른 누구도 아닌, 수백 년간 본교와 함께 무림의 한 축씩을 담당해왔던 종남파와 화산파가 순식간에 붉은 물결 속으로 잠겨버리는 그 적나라한 모습은, 색목도왕으로서도 유쾌하게 받아들일 수만은 없었을 것이다.

"동쪽으로 남은 반 천하가 이 세계의 전부가 아님을, 그 누구보다 그대가 제일 잘 알고 있지 않느냐."

색목도왕의 푸른 눈동자를 바라보며 말했다.

"예."

"익숙해져야 할 것이다. 이제 본교는 무림에 속하지 않으니, 앞으로의 전쟁은 이럴 수밖에 없다. 많이 살려야 하고 많이 죽여야겠지"

"교주님……."

색목도왕이 만감이 교차한 얼굴로 말꼬리를 흐렸다.

나는 색목도왕의 어깨를 가볍게 두드린 다음 진형을 가리켰다.

그쪽으로 유난히 눈에 뜨이는 두 점이 있었다.

진형은 이제 붉은 물결이 가득 차서 넘실대고 있는데, 딱 그곳에서만 조그마한 공백이 있다.

"화산파. 종남파. 두 장문인입니다."

색목도왕이 바로 대답했다.

"그대가 처리하겠느냐? 교도들이 많이 다치고 있군."

"존명(尊名)!"

색목도왕이 풀쩍 날아올랐다.

천력마도를 완전히 제 것으로 만들면서, 그는 이제 구파일방 장문인 한 명쯤은 능히 상대할 수 있는 경지에 이르렀다.

색목도왕은 첫 번째로 종남파 장문인을 골랐다.

그가 황금빛 호선을 허공에 그으며 종남파 장문인의 머리맡으로 떨어져 내렸다.

그러자 종남파 장문인을 공격하던 혈마군들이 뒤로 크게 거리를 벌렸다.

색목도왕의 도와 종남파 장문인의 검이 부딪칠 때마다, 황금빛과 푸른빛 기운이 물리고 물렸다.

그렇게 치열해 보였던 결투였으나 승부가 빠르게 갈렸다.

종남파 장문인의 상태가 좋지 않았기 때문이다. 색목도왕이 그의 머리맡으로 떨어져 내렸을 때는 이미, 기력을 다 소비한 뒤였다.

색목도왕이 종남파 장문인을 튕겨 보냈고, 혈마군들이 일어서려던 종남파 장문인을 제압했다. 화산파 장문인도 오래지 않아 검을 놓쳤다.

잠시 뒤 색목도왕과 혈마군이 두 장문인을 내게 끌고 왔다.

두 장문인은 사형장으로 끌려온 죄수와 다름없는 몰골

이었다.

그 둘은 나를 이 자리에서 처음 보는 것이겠지만, 나는
아니다.

특히 화산파 장문인은 전 시간대에서 상처 입은 나를
끝까지 몰아세웠던 전적이 있던 자이기도 했다.

종남파 장문인은 허망한 얼굴로 하늘만을 올려다보는
반면, 화산파 장문인은 인간이 지을 수 있는 가장 분노 어
린 표정과 함께 이를 갈았다.

"죽어서도 내 원귀가 되어, 네놈을 결코 가만두지 않을
것이야."

"너무 원통해하지 말거라."

"욕보이지 말고 죽여라. 남은 정사대전은 무림동도들
이……."

쿨럭.

화산파 장문인이 말을 채 끝마치지 못하게도, 검붉은
피가 입 밖으로 와락 쏟아져 나왔다.

"정사대전이라니. 이제는 알지 않느냐. 정사대전이 아
니라 천하대전이다. 천하대전. 나라 대 나라의 전쟁인 것
이지, 너희 조그마한 정파 무림이야 본교의 안중에 있었
을 것 같으냐. 색목도왕."

"옛!"

"끌고 가라!"

"옛!"

화산파 장문인과 종남파 장문인이 질질 끌려나가던 그때였다.

삼뇌자가 거의 난입하다시피 내 앞으로 날아와 무릎을 꿇었다.

"교주님!"

그가 한 전갈을 양손에 받쳐 올렸다.

"지금쯤이면 흑웅혈마가 서안을 점령했을 시간인데……."

어쩐지 불길함 예감이 들었다.

전갈을 펼치는 순간.

혈마일군 서안 패(敗)

패(敗)라는 그 한 글자가 시야를 가득 채우며 들어왔다.

〈다음 권에 계속〉

사도연 신무협 장편소설

ORIENTAL FANTASY STORY & ADVENTURE

용을 삼킨 검

『천마본기』의 작가! 사도연 신무협 장편소설!

〈용을 삼킨 검〉

네이버 N스토어 에서 미리 만나보세요.

★
dream
books
드림북스

장담 신무협 장편소설

강호제일해결사

江湖第一犁吏士

ORIENTAL FANTASY STORY & ADVENTURE

탄탄한 구성과 짜임새 있는 연출로 이루어 낸 장담표 무협.

상대를 죽이지 못해 암살은 꿈도 못 꾸는 반쪽 살수, 사운평.

강호제일의 해결사가 되기 위한 좌충우돌 강호종횡기!

dream
books
드림북스

毒功大

독공의 대가

권이백 신무협 장편소설

ORIENTAL FANTASY STORY & ADVENTURE

짜임새 있는 전개,
유쾌한 이야기로 독자들을 사로잡다!

사냥꾼이자 독인, 두 가지 정체성을 지닌 소년 왕정.
전대미문인 그의 독공지로(毒功之路)에 주목하라!

★
dream
books
드림북스

천라
검형

한성수 신무협 장편소설

ORIENTAL FANTASY STORY & ADVENTURE

『태극검해』,『절대검해』의 작가 한성수 신무협 장편소설!

『천라검형』
하늘을 뒤덮는 검의 형상!

나의 무공의 근원은 하나의 검로(劍路)이다.

dream
books
드림북스

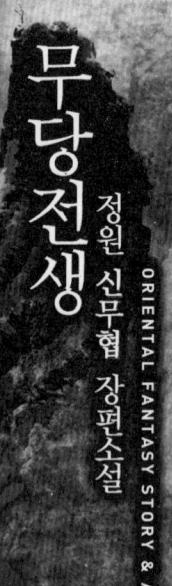

무당전생

정원 신무협 장편소설

ORIENTAL FANTASY STORY & ADVENTURE

문피아 골든 베스트 1위, 소문난 명품 무협!

환생은 했지만 재능도, 기연도 없다.
폭력과 죽음이 난무하는 무림에서 믿을 건 오직 전생의 기억.

무당파 사대제자 진양. 그가 가는 길을 주목하라!

dream books
드림북스

DREAMBOOKS